Peter Pan no se quiere jubilar

Humor y horror de la economía actual

CRISTINA CARRILLO RIVERO

Título: Peter Pan no se quiere jubilar

Copyright © 2015 Cristina Carrillo Rivero

Ilustración y diseño de portada: Nicolás Harriague

ISBN-10: 8460698416
ISBN-13: 978-84-606-9841-8

DEDICADO

A mi sobrina Nydia,
que desbloqueó
de golpe y para siempre
mi chakra del amor.

A mi madre y mi hermana,
por apoyarla cada día.

Y a todos los adultos que aún no han superado
el trauma infantil de ver morir
a la madre de Bambi,
porque saben mejor que nadie
que los cuentos pueden ser
el más cruel y fiel reflejo de la realidad.

ÍNDICE

¡AVISO!

Este libro puede herir gravemente la sensibilidad
de los lectores más conformistas.
Contiene opiniones irreverentes, críticas nada sutiles
y lenguaje poco respetuoso
con las instituciones económicas.

Si alguna parte del libro parece basada en personas o
situaciones reales, probablemente sea porque está
basada en personas o situaciones reales.

TODA HISTORIA TIENE DOS CARAS

Cuando tenía dieciocho años llegó el momento, programado por mis padres desde que estaba en fase de embrión, de entrar en la universidad. Fue una época de gran crisis familiar, porque la hija perfecta (o sea, yo) eligió ese preciso momento para rebelarse. Decidí que mi impecable expediente escolar no me aportaba ninguna emoción y que quería ser actriz. Después de muchos lloros, gritos y portazos, un inspirado profesor del instituto encontró la solución perfecta (para mis padres): "Como no sabe lo que quiere (???), mejor que estudie Economía y, ya puestos, también Derecho, que hace juego".

Y así pasé seis años estudiando algo que no me interesaba ni lo más mínimo. Para ser sincera, había algunas cosas divertidas. Por ejemplo, me encantaba el libro de Macroeconomía de Dornbusch y Fischer, con las curvas de oferta y demanda moviéndose de un lado a otro de los ejes a medida que se modificaban la renta, la inflación, los impuestos y demás cosillas sin importancia. Es cierto que no veía para qué podría servirme todo aquello (de hecho, no me ha servido para nada), pero debo reconocer que era bastante entretenido.

Con dos títulos universitarios tan apropiados para

las supuestas demandas del mercado laboral, era sólo cuestión de tiempo encontrar un *buen trabajo* (arcaico concepto que los más jóvenes sólo conocerán por referencias de sus mayores). Para no perder la costumbre de cumplir a rajatabla con las expectativas de los demás, empecé a trabajar en una firma de auditoría que aún sigue existiendo... a diferencia de otras que encontraron algún que otro Enron en su camino y pasaron a mejor vida.

Después de tres años de analizar balances bancarios, y muy necesitada de nuevos horizontes, me lancé de cabeza a lo que sin duda es el sueño de casi todos los progenitores: trabajar para el Estado. ¡Albricias! A los veintiséis añitos, ya tenía el futuro prácticamente asegurado hasta la jubilación, en la Comisión Nacional del Mercado de Valores (CNMV) de España. En los dieciocho años que pasé allí hice grandes amigos, aprendí muchas cosas y descubrí que existen, por lo menos, dos tipos diferentes de "economía": la académica/profesional... y la de las personas normales.

La economía académica y profesional requiere mucha fórmula matemática, mucha jerga en inglés y hablar de manera que nadie te entienda, para que se note que tú eres un iniciado y los demás no.

En cambio, la economía de las personas normales está al alcance de todos, tiene innumerables aplicaciones prácticas y es tan imprescindible como el aire. Forma parte de nuestras experiencias diarias y condiciona la mayor parte de las decisiones que tomamos, tanto si somos conscientes como si no. Al fin y al cabo, la forma en que utilizamos nuestros recursos determina el modo en que vivimos nuestra vida.

Desde esta perspectiva, ¿quién no necesita entender mejor la realidad económica de hoy?

A este segundo tipo de economía me dediqué desde el 2002, desarrollando esa actividad que ha dado en llamarse "educación financiera". Qué poca sensibilidad comercial: tan desafortunada denominación es la forma más segura de que la gente ponga rápidamente el cerebro en modo *off*. ¿A quién le puede apetecer la idea de ser "educado" sobre algo tan remoto y con tan mala prensa como las finanzas? Dejando al margen las cuestiones terminológicas, esta etapa me permitió (¡por fin!) encontrarle cierta utilidad a mi pasado académico.

Pero la vida es cambio... En el momento más inesperado, mi "yo" rebelde, que había entrado en estado vegetativo el día que puse el pie en la universidad, decidió resucitar. Empecé a pensar que en mi ordenada vida faltaba algo de adrenalina y, como no me llamaban la atención los saltos en paracaídas, en 2011 dejé la CNMV y me lancé a experimentar otras formas de salvar el abismo informativo que convierte a muchas personas en pasivos figurantes del sistema financiero. ¿Es posible conseguir que la economía deje de verse como algo solemne e inaccesible?

Puesto que hay pocas cosas en el mundo tan accesibles como los cuentos, se han utilizado desde la noche de los tiempos para transmitir los valores más aceptados en cada sociedad. Por desgracia, más aceptados no siempre significa más acertados. A mí siempre me molestó de manera especial *El cuento de la lechera* (muy conocido en España, menos en Latinoamérica). Su moraleja era sospechosamente parecida a los mensajes que recibía en casa: "No pienses cosas raras, busca lo seguro...".

Con ánimo de aportar una visión alternativa, empecé transformando a la llorosa lechera en una emprendedora del siglo XXI, inconformista y poco dispuesta a dejarse arredrar. A partir de ese momento, destrozar los cuentos clásicos (o actualizarlos, según se mire) se convirtió en una afición compulsiva.

Y entonces el karma me puso en contacto con Esclavitud Rodríguez Barcia y Manuel Moreno Capa, excelentes escritores, que me animaron a poner en orden las historias (además de aportarme algunos inspirados y periodísticos ladillos).

Así nació este libro de relatos, especialmente dedicado a todas las personas con sentido del humor que quieren perderle el miedo a la vida... ¡y a la economía!

Cristina Carrillo

1. EL CUENTO DE LA LECHERA EMPRENDEDORA

Uno de los motivos por los que la mayoría de los mortales jamás abandonan la condición de dóciles asalariados es porque se han creído a pies juntillas el cuento de la lechera, con el que Esopo, Samaniego y sus secuaces se empeñaron en convencernos de que soñar y tener aspiraciones no conduce a ninguna parte. Así, desde la más tierna infancia nos acostumbramos a permitir que las costumbres y valores de los demás condicionen nuestro futuro personal, profesional y financiero.

Esta fábula nos pinta a la lechera como una despistada que, en lugar de preocuparse por la estabilidad del cántaro que lleva en la cabeza, se distrae pensando cómo va a expandir su negocio, mediante sucesivas reinversiones de los beneficios obtenidos por la venta de la leche. En el momento de mayor entusiasmo, rompe descuidadamente el cántaro y se queda sin la materia prima. La historia termina con sus lamentos ante el cántaro roto y con la sentenciosa recomendación del fabulista: *"No anheles impaciente el bien futuro, mira que ni el presente está seguro"*.

Según esta panda de mojigatos, ¿cómo se supone que tendría que comportarse la lechera en el futuro? Parece que lo apropiado es que vaya caminando como si pisara huevos, mirando con cuidado al suelo antes de dar el siguiente paso. Por supuesto, toda su atención y su pensamiento deberían estar concentrados en conservar intacto el dichoso cantarito.

Como la mente humana sólo puede estar ocupada por una cosa cada vez (incluso la de las mujeres, aunque presumamos de lo contrario), la lechera está condenada a pasar el resto de sus días enfocada en conservar lo poco que tiene. ¡Qué perspectiva tan poco motivadora!

Por suerte, en esta época en que está de moda actualizar los clásicos infantiles, algunas mentes bien informadas se han ocupado de elaborar nuevas versiones, bastante más constructivas, en las que la lechera, como cualquier otro emprendedor decidido, aprende que hay que poner más atención y sigue adelante con sus proyectos para alcanzar la independencia financiera. En esta línea esperamos aportar nuestro granito de arena.

Visualizando el éxito

Érase una vez una joven campesina que tenía una vaca. Después de ordeñarla, caminaba a diario hasta el mercado local para vender la leche, con su pintoresco cántaro artesanal sobre la cabeza. ¡Con qué porte y gracia natural transportaba la muchacha el pesado recipiente! Claro que tenía bastante práctica y una indudable predisposición genética, ya que pertenecía a una estirpe de malabaristas del cántaro: su madre, su abuela y su bisabuela también habían sobrevivido gracias a la venta de leche recién ordeñada.

Nuestra lechera era una joven animosa y satisfecha con su suerte, pero últimamente estaba algo inquieta. En la biblioteca pública había encontrado un libro que le había dado mucho en qué pensar. Sugería la asombrosa idea de que cada persona debe elegir su propio camino en la vida, y que es perfectamente posible vivir haciendo lo que a uno le gusta. ¡Ella jamás se había preguntado si quería pasar sus días de alguna otra forma que no fuese vendiendo leche!

Un buen día, mientras caminaba hacia el mercado con su cántaro en la cabeza, empezó a pensar en posibles destinos alternativos para el dinero que iba a conseguir con la venta del día: "Voy a separar una parte para comprar cantidades extra de azúcar, harina y huevos... ¡A partir de mañana venderé también postres y dulces! Ganaré más que con la leche, porque al precio de venta no sólo tendré que añadirle el coste de los ingredientes, sino también el esfuerzo y el tiempo que me lleve prepararlos. ¡Muchas madres con niños pequeños y poco tiempo libre estarán encantadas de comprar mis ricos desayunos y postres caseros! Con el tiempo, tendré clientes fijos e incluso haré entregas a domicilio, a cambio de una pequeña cantidad adicional. Mis productos tendrán tanto éxito que tendré que contratar a alguien que atienda a los clientes, porque yo estaré muy ocupada cocinando...".

Mientras elaboraba de esta forma su plan de negocio, la joven lechera imaginaba largas filas de vecinos atropellándose para comprar sus flanes, su arroz con leche y sus inigualables bizcochos. En realidad, estaba siguiendo a rajatabla lo que recomiendan con fervor todos los manuales de autoayuda y desarrollo personal: ¡visualizar el éxito!

Iba pensando ya en la necesidad de contratar una cocinera ayudante para atender la creciente demanda cuando un traicionero pedrusco la hizo tropezar... y el cántaro se hizo pedazos contra el suelo. Al ver la leche derramada, la muchacha no pudo evitar los sollozos. ¡Sin la venta de hoy, no tenía ninguna posibilidad de poner en marcha sus maravillosos planes! Tal vez era un castigo del universo por haberse atrevido a cuestionar el orden establecido de las cosas. Si su destino fuese la repostería habría nacido al menos hija de panadera, ¿no?

Momento Eureka

Resignada por el momento a continuar con la tradición familiar de mujeres lecheras, comprendió que la rotura del cántaro le planteaba un problema práctico. No sólo había perdido los ingresos del día, sino que se había quedado sin recipiente para llevar la leche al mercado. ¡Tendría que utilizar una parte de sus magros ahorros para comprar otro cántaro! "Ojalá alguien hiciera cántaros irrompibles!", pensó, rabiosa, mientras contemplaba el pequeño charco de leche que había quedado a sus pies.

"¡Qué lástima de leche! Tan cremosa, tan blanca, tan... ¿llena de bichos?". Frunciendo el ceño, se acercó para asegurarse. Efectivamente, los restos de la leche estaban salpicados de pequeños insectos ahogados.

"Supongo que es normal", se dijo, no muy convencida. "Claro, el cántaro está abierto, el camino pasa por el bosque y muchos bichos acuden al olor de la leche. Seguro que todas las demás lecheras tienen el mismo problema. Además, nadie se ha quejado nunca. ¿Se los tragarán sin darse cuenta, o estarán acostumbrados a encontrar bichitos muertos y colarán la leche antes de beberla?".

Meditando sobre el asombroso descubrimiento, la lechera se preguntó cómo es que nunca se le había ocurrido mirar el estado de la leche que vendía. "La costumbre es mala consejera", reflexionó. "¡Se dan tantas cosas por hechas!". De repente, tres palabras comenzaron a bailarle en la cabeza, sembrando la semilla de una idea genial. Cántaro. Irrompible. Bichos.

Con gran decisión, la lechera se dirigió entonces a la casa de la inventora loca del pueblo. Como todo el mundo sabe, ninguna comunidad está completa si no cuenta con un pastor religioso, un médico, un maestro, un promotor inmobiliario y un inventor loco.

(Nota de la autora: Para optar al rol de inventor loco es necesario que mires el mundo que te rodea de manera distinta a como lo hacen los demás. Por supuesto, nadie te hará ningún caso, hasta que alguna de tus locuras se ponga de moda. Entonces empiezas a ganar mucho dinero y pasas a la categoría de "emprendedor visionario").

La lechera explicó a la inventora loca lo que quería, y ambas se entendieron con rapidez y a la perfección. Decidieron constituir una cooperativa y repartirse las ganancias a partes iguales.

A la semana siguiente, nuestra heroína había sustituido el cántaro roto por un contenedor cerrado e irrompible que, además, conservaba todas las propiedades nutricionales de la leche.

Aunque destinar todos sus ahorros al proyecto le hizo sentir un poco de vértigo, pronto comprobó que la inversión había valido la pena: los lugareños acudían en masa para contemplar aquel extraño recipiente, que destacaba entre los sencillos cántaros de loza como un pavo real entre gorriones. Además, no era posible ignorar el letrero que había colocado la lechera:

**¡LA ÚNICA LECHE DEL MERCADO
SIN INSECTOS FLOTANDO!
¡De la vaca al paladar, sin intermediarios!**

Todos los vecinos coincidieron de inmediato en que la superior calidad de la leche justificaba su mayor precio. Y así fue cómo la imaginativa lechera puso la primera piedra de su emporio, aunque decidió abandonar el sector lácteo porque consideró que había poco margen en comerciar con materias primas.

Para cuando sus competidoras se decidieron a sustituir los cántaros por contenedores como el suyo, ella y la inventora loca (ahora convertida en emprendedora visionaria) ya habían puesto en marcha una fábrica de recipientes completamente indestructibles, con diseños personalizables a gusto del cliente y mecanismo regulador de la temperatura.

Quienes visitaban a nuestra protagonista en su magnífico despacho con vistas al mar podían ver, amorosamente expuestos en una urna, los restos del cántaro roto, con los que la próspera exlechera se recordaba a sí misma que cualquier tropiezo podía transformarse en una oportunidad.

2. LOS TRES CERDITOS
Y LA BURBUJA INMOBILIARIA

Continuamos con nuestro firme propósito de demostrar que los mensajes subliminales de los cuentos infantiles son la causa de muchos de los problemas económicos que sufrimos en la actualidad. Esta vez, en juicio sumarísimo, declaramos a los Tres Cerditos *culpables*, por hacernos creer que la riqueza y la seguridad se encuentran "en el ladrillo".

En el cuento original, que según la Wikipedia data del siglo XVIII pero que alcanzó dimensión planetaria gracias al inevitable Mr. Disney, los tres hermanitos porcinos deciden construir sus hogares con el fin de protegerse de las amenazas externas, encarnadas en el perverso Lobo Feroz. El cerdito pequeño, juguetón e inconsciente, la construye de paja para terminar antes; el segundo, de madera; y el mayor, un miedica de tomo y lomo, se dedica laboriosamente a levantar su casita de ladrillos.

Cuando al fin llega el Lobo, dispuesto a cenar chorizo, no tiene ningún problema para derribar las dos primeras a base de soplidos, pero acaba derrotado por la sólida construcción del hermano trabajador. Como cierre del cuento, los Tres Cerditos celebran su victoria cantando *"¿Quién teme al Lobo Feroz?"*.

La moraleja de esta versión es que tener un montón de ladrillos en propiedad, por mucho esfuerzo que suponga, te mantendrá a salvo de cualquier peligro.

¿Qué opinan de esta enseñanza todos los desahuciados hipotecarios del mundo occidental? Dadas las actuales circunstancias económicas, proponemos una revisión más realista del cuento.

Un prodigio de sensatez

Había una vez tres cerditos que decidieron independizarse. El más joven optó por compartir casa con varios amigos, ya que deseaba ahorrar para conocer otros bosques antes de echar raíces. El siguiente decidió alquilar una agradable cabaña a tiro de bellota de los rincones más interesantes del bosque. El hermano mayor gruñó durante una buena temporada, mientras tachaba a ambos de irresponsables por no abordar de inmediato la inversión más importante de sus vidas: la vivienda en la que habría de transcurrir el resto de su previsible y plácida existencia (siempre que no terminaran convertidos en jamón ibérico, claro está).

Así que el diligente cerdito mayor consiguió una ocupación bastante aburrida y poco lucrativa, pero muy segura, como vigilante del bosque. De esta forma comenzó a juntar poco a poco los ladrillos necesarios y, cuando se desesperaba pensando en lo rutinaria que era su vida, encontraba consuelo en imaginar la espléndida casita que se estaba construyendo.

A causa de la inflación, los ladrillos y demás materiales eran cada vez más caros y el proyecto amenazaba con durar más que las obras de la Sagrada Familia. Ni corto ni perezoso, el cerdito tuvo la feliz idea de pedir un crédito al Lobo Feroz para acelerar el proceso, poniendo la casa como garantía. Así terminó de construir el hogar de sus sueños, mientras se disponía a pasar unos cuantos años más devolviendo en cómodas cuotas la cantidad recibida.

Durante algún tiempo, su sensación de riqueza aumentó de forma exponencial, a medida que los precios de las casas se disparaban a lo largo y ancho del bosque. ¿Y por qué subían los precios? ¡Qué buena pregunta! Pues porque todo el mundo llegó a la misma discutible conclusión que el cerdito mayor: que tener una casa en propiedad era el súmmum de la realización personal. Además, como el Lobo Feroz ofrecía unos préstamos muy baratos, ¡había que ser rematadamente tonto para no aprovechar la ocasión! En una palabra, todo el mundo quería comprar y resultaba facilísimo conseguir el dinero para hacerlo.

Entre unas cosas y otras, el frenesí constructor llegó a tal extremo que ningún pájaro elegante tenía menos de tres nidos (con sus correspondientes préstamos) y el Lobo Feroz era el tipo más respetado y opulento del lugar.

Mientras nuestro protagonista contaba el paso de los meses en términos de cuotas hipotecarias, sus hermanos seguían sin mostrar ninguna intención de sentar el hocico. Al menos, de la forma que el cerdito hipotecado consideraba sensata y razonable.

El mediano había recorrido de un extremo a otro todos los bosques conocidos, descubriendo en el camino que tenía una rara habilidad para detectar buenas oportunidades de negocio. Se convirtió así en un respetado *cerdito ángel*, versión porcina del *business angel*. Los emprendedores se lo rifaban como socio inversor, y el pobre acabó bastante harto de escuchar *elevator pitches*. Gracias a su buen olfato, la mayor parte de los proyectos en los que invirtió resultaron extremadamente rentables.

Por su parte, el hermano menor había descubierto su vocación culinaria y se había convertido en un aclamado chef: sus tartas de bellota deconstruida cosecharon un éxito espectacular incluso en los bosques más remotos, y animales de todas las especies acudían a su *Restaurante de la Dehesa*, lugar de difícil acceso que aumentaba el misterio y la reputación de su cocina.

Vientos de cambio

Un buen día, los recursos del bosque empezaron a escasear y la euforia constructora se vio bruscamente interrumpida. El precio de las casas de desplomó. El pájaro carpintero, los topos excavadores y todos aquellos animales que vivían de la edificación se encontraron sin trabajo. Los problemas se extendieron pronto a las demás especies, y el Lobo Feroz comenzó a enviar amenazadoras cartas a los prestatarios que tenían dificultades para devolver las cuotas.

Uno de los primeros afectados fue el cerdito mayor, que había perdido su trabajo porque el Oso Presidente, en su sabiduría, había llegado a la conclusión de que el modesto salario del vigilante le descuadraba el presupuesto. Así que nuestro cerdito se encontró de repente en mitad del bosque con todas sus pertenencias terrenales guardadas en dos maletas, mientras el Lobo Feroz tomaba posesión de su amado hogar sin necesidad de soplido alguno.

Como el precio de la casa en ese momento no alcanzaba a cubrir la deuda pendiente, el Lobo Feroz se dispuso a saldarla comiendo chuletas de cerdo. Con la perfecta sincronización de una película de acción, en el último instante apareció el *cerdito ángel* para cancelar el resto del préstamo y salvar (literalmente) la vida de su hermano.

Al Lobo Feroz no le hizo ninguna gracia renunciar a tan sabrosa cena, pero el negocio es el negocio: zamparse a un cliente después de cobrar la deuda hubiese empañado considerablemente su fiabilidad como prestamista.

Los tres hermanos celebraron la reconciliación y el reencuentro familiar en el selecto restaurante del cerdito chef, mientras bailaban y cantaban *"¿Quién teme al Lobo Feroz?"*.

Nuestro cerdito comprendió por fin que ni todos los ladrillos del mundo podrían protegerle de los soplidos de la vida. A partir de ese momento, se dedicó a hacer lo que le vino en gana y nunca jamás volvió a aburrirse.

3. LA JUBILACIÓN DE PETER PAN

¿De qué viven las personas cuando se jubilan? Pues depende. Los más previsores generan diversas fuentes de ingresos pasivos para vivir de las rentas. Los más ingenuos, ¡bendita candidez!, todavía confían en que el gobierno les pagará una pensión digna.

En el País de Nunca Jamás, la pirámide demográfica tiene una apariencia algo amorfa, debido a que Peter Pan y los Niños Perdidos siguen empeñados en no crecer. Ni que decir tiene que esta actitud supone un verdadero quebradero de cabeza para los responsables de las finanzas públicas.

—¡Los muy egoístas ni siquiera se plantean llegar a los dieciséis! —bramaba el Ministro Super Plenipotenciario para el Futuro de las Pensiones—. Por lo menos, a esa edad ya podrían trabajar y tributar como ciudadanos de provecho. En realidad, nos vendría muy bien que se estancaran en una juventud productiva por siempre jamás. Pero no... ¡Los señoritos se niegan a pasar de los doce! Las leyes contra el trabajo infantil me tienen atado de pies y manos... ¡Y esos zánganos, volando de un lado a otro a todas horas, sin la menor consideración hacia sus mayores!

Un público escarmiento

Con su popularidad cayendo en picado, el Ministro consideró que había llegado el momento de realizar una acción ejemplarizante. De manera completamente "accidental", se filtró a la prensa el requerimiento formal por el que se comunicaba a Peter Pan que, de persistir en su negativa a hacerse adulto e incorporarse al mercado laboral, ya podía irse olvidando de cobrar algún día la pensión de jubilación. La antipática misiva rezaba más o menos así:

Estimado Señor Pan:

Con la seguridad de que al recibo de la presente se encontrará usted en un inmejorable estado de salud, como cabe esperar de cualquier individuo entregado a su ocioso e insolidario estilo de vida, me complace comunicarle lo siguiente:

Según los cálculos actuariales de nuestros expertos, considerando el número de años que lleva usted postergando su afiliación a la ASPA (Agencia de Sufridos Pagadores Asalariados), en el improbable caso de que decidiera comenzar a trabajar en este mismo momento necesitaría cotizar durante los próximos 235 años para tener derecho a la pensión mínima de jubilación de 24 jamases mensuales (le recuerdo que, con el tipo de cambio actual, 1 jamás equivale a 0,003 dólares americanos).

No obstante, haciendo gala del ánimo conciliador que caracteriza todas las acciones de este Gobierno, me han autorizado para plantearle una ventajosa e inmerecida propuesta.

Estamos dispuestos a olvidar paternalmente su dilatada adolescencia y a concederle la jubilación dentro de los 97 años reglamentarios, con la única condición de que, en el plazo máximo de 15 días desde la recepción de este escrito, formalice su alta en el RAE (Registro de Autónomos Exprimidos) y comience a abonar las cuotas correspondientes a su actividad en el rubro de "guía turístico volador", por el módico importe de 350 jamases mensuales. Atentamente...

Peter Pan se puso furioso. ¡Si precisamente él se había negado a crecer para ahorrarse las infinitas reglas, complicaciones y estupideces del mundo adulto!

Su primer impulso fue echar a volar y buscar algún otro sitio con mejor ambiente. Después de todo, una de las grandes ventajas de ser Peter Pan es que te puedes desplazar a cualquier lugar del mundo sin preocuparte por insignificancias como las leyes migratorias o las tarjetas de residencia. Gracias a su envidiable autonomía voladora, tampoco tenía que sufrir el martirio de descalzarse en los aeropuertos o de pasar por máquinas de rayos X que dejan en evidencia hasta el contenido de los intestinos.

Después de charlar un rato con Wendy por Skype, de darse una vuelta con Campanilla y de molestar al Capitán Garfio tirándole unos cuantos cocos hasta acertarle en la cabeza, Peter se sintió mucho mejor.

Con toda la irreverencia de que fue capaz, escribió su respuesta al señor ministro:

Hola, viejo. No cuentes conmigo para aumentar la recaudación. Yo paseo gratis a mis amigos a lo largo y ancho de Nunca Jamás por simple diversión, y creo que ese rubro aún no existe en tus leyes fiscales. La verdad es que no alcanzo a entender por qué piensas que me pueden interesar tus míseras, remotas e imprevisibles pensiones de jubilación.

Te comunico que, a lo largo de mi dilatada adolescencia, he puesto en marcha diversas fuentes de ingresos pasivos (por los que ya pago impuestos) que, gracias a la magia del interés compuesto y a la sabiduría de Campanilla y mis otras hadas asesoras, me garantizan un futuro feliz y tranquilo, además de servir para que muchos de mis amigos también ganen dinero.

Si insistes en aburrirme con tus improcedentes exigencias de pago me veré obligado a trasladarme a algún lugar más paradisíaco, y ni siquiera contarás con los ingresos de los turistas que vienen a ver al genuino e irrepetible Peter Pan.

Atentamente...

4. JUAN SIN MIEDO AL RIESGO

Una de las primeras cosas que nos ocupamos de enseñar a los niños, con la sana intención de garantizar su seguridad y supervivencia, es el miedo: a hablar con adultos desconocidos, a los conductores imprudentes... Por desgracia, el tema se nos ha ido de las manos y hemos terminado por elaborar un amplio catálogo de temores de utilidad mucho más dudosa, que prevalecen sobre nuestros deseos en casi todas las decisiones importantes de la vida.

Así las cosas, no es de extrañar que Juan sin Miedo fuera un inadaptado social. Según el cuento de los hermanos Grimm, los familiares y vecinos de Juan consideraba su incapacidad para sentir terror como un evidente signo de estupidez: "No sabe lo que es el miedo, luego es tonto".

En su viaje iniciático en busca del miedo, Juan se topa con un rey que le ofrece la mano de su hija a cambio de recuperar las riquezas del reino. La única manera de conseguirlo es pasar tres noches en el castillo donde se encuentra el tesoro, custodiado por terroríficos fantasmas asesinos. ¡Ninguno de sus valientes predecesores había logrado salir con vida! Juan se deshace de los fantasmas con gran desparpajo, por el original sistema de ignorarlos y/o hacer amistad con ellos, y se casa con la princesa. Una mañana, mientras duerme, su mujer le arroja encima el agua de una pecera, con peces y todo... y el sobresaltado despertar enseña a Juan de una vez por todas lo que es el miedo.

Hoy estamos tan acostumbrados a las películas de catástrofes y asesinatos truculentos que unos cuantos espectros chillones ya no causan miedo a nadie. ¿Con qué podríamos desafiar la inconsciente bravura de un moderno Juan sin Miedo?

Fluyendo con la vida

Juan era un joven poco adaptado a los rigores del sistema educativo (en una palabra, que no conseguía aprobar un examen ni por casualidad), pero tenía buen carácter y era extremadamente feliz. No necesitaba libros de autoayuda para concentrar toda su atención en el momento presente, y poseía una capacidad sobrenatural para adaptarse a cualquier entorno o situación. Le asombraba muchísimo el permanente ceño de preocupación que lucían la mayoría de los mortales. "¿Qué es lo que me estoy perdiendo?", se preguntaba, perplejo. "Aunque sólo fuera por una vez, me gustaría sentirme como ellos para entender lo que es el miedo".

El hermano mayor de Juan no podía ser más diferente: paradigma del hombre precavido, era alérgico a cualquier situación remotamente inquietante y estaba decidido a no salirse ni un centímetro de su zona de confort. Al igual que el padre, consideraba a Juan un descerebrado sin futuro.

—¡Es un inútil que jamás hará nada con su vida! ¡Dice que lo único que desea conocer es el miedo! ¿En qué universidad creerá él que se enseña semejante cosa? No es más que un sentimiento humano natural... ¡excepto si careces del sentido común necesario para preocuparte por lo que te rodea, por supuesto! Padre, ¿estás seguro de que no lo cambiaron al nacer? ¡Es imposible que alguien tan lerdo sea mi hermano!

A Juan le resbalaban las agoreras predicciones sobre el sombrío futuro que le aguardaba, pero sentía una gran curiosidad por esa esquiva emoción que resultaba tan natural para los demás. "¡EL MIEDO! Suena tan intenso... ¡No me gustaría morir sin haberlo conocido!".

Como estaba claro que a su alrededor no había nada ni nadie capaz de facilitarle tal aprendizaje, decidió partir en su busca. Aunque su padre apenas le había proporcionado dinero para el viaje (con la esperanza de hacerle comprender cuanto antes cómo funciona el mundo), la sensación de libertad hacía que Juan se sintiera el más feliz de los hombres.

Desempeñó pequeños trabajos a cambio de comida y alojamiento, conoció a muchas personas interesantes y adquirió un gran número de habilidades prácticas... pero el miedo seguía sin hacer acto de presencia. Incluso sus nuevos amigos meneaban la cabeza cuando explicaba su objetivo:

—¿Conocer el miedo? ¡Pero si está en todas partes! ¿Cómo es posible que no lo sientas? Eres un chico simpático pero muy, muy raro...

Tras varios meses de búsqueda infructuosa, Juan empezó a preguntarse si no tendría alguna mutación genética que le impedía reaccionar a lo que otros percibían como terroríficas amenazas. "Ja ja, tal vez soy un mutante evolucionado como los X-Men, y mis superpoderes me hacen incapaz de sentir pavor por nada. ¡Qué interesante posibilidad!". Pese a sus bromas, Juan se sentía bastante decepcionado. ¡Había estado tan seguro de que el miedo le aguardaba en algún lugar del ancho mundo!

Cautivos del terror

Un buen día, el muchacho llegó a un lugar en el que la población parecía mucho más deprimida de lo habitual. El porcentaje de personas ceñudas y cabizbajas superaba con mucho la media nacional.

"¿Qué ocurrirá aquí? Esta pobre gente parece consumida por las preocupaciones... Sin duda hay una enorme fuente de miedo en los alrededores. ¡Qué prometedor!", se dijo Juan, recobrando la esperanza.

El dueño del supermercado le explicó el problema:

—Nuestro pueblo tiene ahorrado un capital de muchísimos millones, pero no genera riqueza alguna porque no hay nadie lo bastante valiente para gestionarlo. ¡La comunidad está languideciendo sin que podamos aprovechar nuestros enormes recursos! El rey ha prometido la mano de su hija a cualquiera que aguante tres días y sus noches en la sala de operaciones financieras e invierta el capital en diferentes productos. ¡Ni siquiera importa si no consigue rentabilidades a corto plazo! Lo único que se le pide es que lo invierta en algo...

Juan pensó que aquello era lo más absurdo que había oído en su vida.

—¡No puedo creer que no haya personas dispuestas

a tomar unas cuantas decisiones sobre el dinero! Valiente idiotez... ¿Es que muerden los billetes? ¿Qué es lo que resulta tan aterrador?

El hombre se estremeció y miró a uno y otro lado antes de susurrar dramáticamente:

—¡Es por LOS RIESGOS! —Tembloroso, se negó a decir una sola palabra más sobre la cuestión.

Así que Juan se encaminó al castillo del rey para conseguir información de primera mano. El rey lo recibió con amabilidad, pero sin demasiado entusiasmo.

—¿Dices que no tienes miedo a nada, joven? Eso es porque no te has enfrentado antes a LOS RIESGOS. ¡He perdido la cuenta de los valientes que hemos enviado a la sala! Ninguno superó la primera noche... Todos salieron de allí en camilla, víctimas de infartos, aneurismas cerebrales y cuadros paranoicos de extrema gravedad. Aunque son debidamente avisados del peligro y firman una exención de responsabilidad antes de entrar en la sala, no puedo evitar sentirme culpable por tantos talentos malogrados.

—Bueno, majestad, todo el mundo dice que soy un inútil sin cerebro, así que en mi caso no hay mucho que perder, ja ja. ¡Podéis enviarme a la sala sin remordimientos!

—No bromees con algo así, muchacho —le amonestó el rey—. Eres un hombre en la flor de la vida y confieso que me asombra tu falta de instinto de conservación. No sé si eres un estúpido o un inconsciente, pero quiero que comprendas que todos los que han sucumbido frente a LOS RIESGOS eran personas mucho más avezadas que tú.

—Tomo nota de vuestras advertencias, majestad,

pero resulta que este desafío me viene como anillo al dedo. Aunque me llaman Juan sin Miedo... ¡yo deseo intensamente sentir esa emoción! No es que tenga muchas esperanzas, señor, porque sospecho que vuestros riesgos no van a lograr asustarme ni lo más mínimo... ¡pero al menos me casaré con una princesa!

El contrato

Lavándose las manos de toda responsabilidad, el rey le puso delante un contrato de 37 páginas, en letra Times New Roman tamaño 7.5 con interlineado simple, en el que se detallaban los derechos y obligaciones de ambas partes. Aunque gozaba de buena vista, Juan no tenía ninguna intención de leer semejante tocho y se apresuró a estampar su firma. ¡Estaba impaciente por comenzar la aventura! Sin embargo, el rey tenía unas convicciones éticas poco usuales e insistió en hacerle un resumen:

—Aquí dice que, si aguantas tres días y tres noches y colocas todo el dinero en algunos productos financieros, no sólo puedes casarte con mi hija sino que te quedas el 20% de los rendimientos, en concepto de comisión de gestión. Si abandonas la sala un solo minuto antes de que se cumplan las 72 horas o no logras invertir todo el dinero, no ganas nada, pero nos haremos cargo de tus gastos médicos y de la atención psicológica que necesites durante un periodo máximo de tres meses.

—¡Me parece todo muy razonable, majestad! — asintió Juan, deseando comprobar si esos riesguecitos que habían terminado con la salud y la cordura de tantos gestores podrían hacerle sentir algo de miedo.

Una escolta de fornidos guardaespaldas condujo a Juan, ahora convertido en la gran esperanza del pueblo, a la famosa sala de operaciones financieras. Era una oficina acristalada y luminosa, equipada con modernas sillas ergonómicas y con los equipos de computación más avanzados. Una discreta puerta conducía a una suite en la que podrían alojarse con facilidad tres familias numerosas.

—¡Guauuuuu! —exclamó Juan, a quien no le importaba en absoluto demostrar que jamás había visto semejante lujo—. ¿Y sólo puedo quedarme aquí tres días? ¿No podrían ser tres meses? Ja ja ja.

Meneando la cabeza ante la insensatez del joven aventurero, el rey le comunicó que volvería a visitarle al día siguiente...

—¡Si es que no has salido antes! —concluyó de manera sombría. Sin más que añadir, le dejó solo ante el peligro.

Primer asalto

Durante algunas horas, Juan fue delirantemente feliz mientras jugaba con aquellas poderosas máquinas, capaces de hacer casi cualquier cosa y muy fáciles de utilizar. Encontró con rapidez las instrucciones y las claves para acceder al enorme patrimonio que tenía que administrar. "¡Caramba! Es impresionante... ¡Qué cantidad de dinero! Pues sigo sin entender por qué se preocupan... ¡Si esto es muy sencillo! Coloco un poco en este producto, otro poco en aquel otro... Y en diferentes países, además... Si se pierde en una cosa, ya se ganará en otra. ¡Sería muy raro que todos fueran mal al mismo tiempo!".

Juan pasó un buen rato diversificando mientras silbaba con despreocupación. No tenía ni la menor idea de dónde estaba colocando el dinero, pero tampoco le inquietaba. "Después de todo, nadie ha dicho que tenga que ser clarividente, ¿verdad? Con distribuirlo en productos distintos debería bastar...".

De pronto, un mensaje apareció simultáneamente en todas las pantallas:

¡CUIDADO! LEA CON ATENCIÓN ESTA INFORMACIÓN ANTES DE CONTINUAR

Juan se puso contentísimo, porque hasta ese momento todo había resultado muy predecible y estaba empezando a aburrirse. "¡Ya era hora de que empezara la acción! ¿Estaré a punto de conocer por fin a los famosos riesgos?", se preguntó ilusionado.

Con gran decisión, hizo clic en el mensaje. Las luces de la sala se apagaron y unos fantasmagóricos hologramas comenzaron a proyectarse a su alrededor.

—¡Qué bueno! —aplaudió Juan—. ¡Esto es mejor que el planetario! ¡Es como estar dentro de un agujero negro espacial!

Una desagradable voz de ultratumba, que parecía provenir de todas partes y de ninguna, interrumpió su entusiasta contemplación:

—¡Incauto! Acabas de invertir un tercio del tesoro. ¿Estás seguro de todo lo que has hecho hasta ahora? ¿De verdad quieres seguir por ese camino? Aún estás a tiempo de cancelar todas las operaciones... ¡Es tu última oportunidad para evitar la ruina total!

—¿Y tú quién eres? ¡Por favor, por favor, por favor, dime que eres uno de esos riesgos que dan tanto miedo! Cuéntame, ¿cómo te las arreglas para causar tal pánico a todo el mundo?

La voz de ultratumba pareció vacilar y después subió varios decibelios.

—¡Soy EL RIESGO DE CRÉDITO!

—¡Ah, pues encantado de conocerte! Esto se estaba poniendo un poco tedioso, así que me alegro mucho de que te hayas pasado a hacerme compañía.

—¡No he venido a hacerte compañía! ¡Te estoy profetizando pérdidas espantosas! ¿Acaso no sabes cuánto daño puedo hacer a tu dinero?

—Me temo que no —respondió Juan, muy compungido—. Verás, estimado riesgo de crédito, es del dominio público que soy un chico tremendamente ignorante. Eso de aprender de memoria las cosas que ya están escritas en un libro para luego volver a escribirlas en un papel siempre me pareció una pérdida de tiempo. Me gusta más experimentar sobre el terreno, ya me entiendes. Por favor, cuéntame a qué te dedicas.

La voz de ultratumba necesitó unos segundos para recobrar el aplomo.

—Esto... Ejem... ¡Yo soy el que te recuerda la posibilidad de que las empresas en las que has invertido no cumplan con sus obligaciones de pago! ¿Eh? ¿Qué te parece eso? ¿Encuentras gracioso que no paguen los intereses que prometen, o que no te devuelvan el capital en la fecha de vencimiento, o que su insolvencia las lleve a la quiebra? ¿Qué dirán en el pueblo si ocurre algo así? ¡Te llamarán inútil e ignorante! ¡Nadie confiará en ti nunca más!

Juan asintió con simpatía.

—Creo que no me has escuchado antes. Nadie tiene

ninguna expectativa positiva sobre mí, por lo que puedo hacer lo que me apetezca. Además, como soy tan bruto y no sé nada de nada, jamás me aferro a ninguna idea preconcebida. Por ejemplo, al principio no te tomaba en serio y, sin embargo, ahora que te conozco estoy dispuesto a admitir que eres un riesgo realmente insidioso y malvado. ¡Te felicito!

—Entonces, ¿vas a deshacer todas las inversiones y a dejar el dinero como estaba? —preguntó el riesgo de crédito con tono esperanzado.

—Noooop, lo siento —respondió Juan—. Por hoy he terminado mi jornada. Si algunas de las empresas no pagan, ¡qué se le va a hacer! ¡Lo importante es la salud! — concluyó filosóficamente.

Con un estremecedor gemido, los hologramas desaparecieron, las luces de la sala volvieron a encenderse y Juan se encontró solo en la elegante y aséptica oficina, sin atisbo alguno de compañía sobrenatural.

"¡Qué lástima! Me hubiese gustado volver a ver esos increíbles efectos especiales en 3D. ¡Ojalá vuelva mañana!".

Agotado después de su primer día como gestor, Juan decidió estrenar la suntuosa cama y se quedó dormido boca abajo. Así lo encontró el rey a la mañana siguiente: roncando como un ceporro y con el inevitable hilillo de baba.

—No parece muy afectado —comentó el rey, atónito—. De hecho, juraría que sigue siendo él mismo.

Fueron necesarias unas cuantas sacudidas hasta que Juan volvió al mundo de los vivos, bostezando y desperezándose frente al rey de manera muy poco protocolaria.

—¡Buenos días, majestad! ¡Parece que nos espera otro día esplendoroso!

—¿Qué tal fueron ayer las cosas? — preguntó el rey con cautela.

—Oh, de maravilla. Ya invertí un tercio del tesoro, aunque confieso que no es tan divertido como imaginaba. En un momento dado tuve la tentación de cambiar las inversiones por los videojuegos... Por suerte, justo entonces apareció el riesgo de crédito y la cosa se animó bastante. ¡Tuvimos una conversación de lo más entretenida!

—No esperaba que fueras capaz de superar el primer día. Me preocupa verte tan confiado... ¡porque aún te queda lo peor!

—¡Eso espero, majestad! Aunque aprecio mucho el buen rato que pasé anoche, mi principal objetivo sigue siendo conocer el miedo...

¡La prima!

El rey se despidió de Juan por segunda vez, convencido de que sería la última y de que aquel muchacho era un caso perdido. Por su parte, Juan se sirvió un opíparo desayuno, escuchó música durante varias horas y por fin se animó a retomar su papel de gestor. Como era un hombre coherente, siguió el mismo refinado criterio de asignación de activos que había utilizado el día anterior: el buen tuntún.

Justo cuando estaba empezando a sentirse un poco harto de las altas finanzas, un mensaje aún más grande que el del día anterior bloqueó el contenido de las pantallas:

¡PELIGRO! INFÓRMESE ANTES DE PASAR EL PUNTO SIN RETORNO

Encantado, Juan hizo el clic correspondiente y se reclinó en la silla para contemplar con comodidad el espectáculo. Las luces se apagaron pero, en lugar del holograma psicodélico, esta vez apareció una pequeña nube blanca que comenzó a hincharse, lenta pero inexorablemente. Juan lanzó una carcajada.

—¿Y con esta cosita pretenden asustar a alguien? ¡Si parece algodón de azúcar!

El algodón de azúcar seguía aumentando de tamaño a buen ritmo. Una nueva voz de ultratumba, esta vez femenina, respondió a la pregunta de Juan:

—¡Soy LA PRIMA!

—¿La prima? —repitió Juan, sorprendido—. ¿La prima de quién?

—La prima de riesgo, idiota —tronó la voz, mientras la nube crecía y crecía.

—¡Qué mal carácter! —comentó Juan, encogiéndose de hombros—. ¿Y de cuál de los riesgos eres familia?

—Esa es una buena pregunta —reconoció la prima, que seguía creciendo y ya ocupaba la mitad de la oficina—. Aunque todos nos relacionamos bastante, yo me siento especialmente unida al riesgo-país.

—¡Ohhhh, un riesgo del tamaño de un país tiene que ser enorme! Y dime, prima, ¿por qué se supone que tengo que tener miedo de ti?

—En primer lugar, pequeño estúpido, yo no soy tu prima. En segundo lugar, ¿es que no ves que me estoy agrandando por momentos? Dime, ¿acaso no has invertido en deuda pública de algunos países que ofrecen unos intereses altísimos?

—¡Sí! —confirmó Juan con una gran sonrisa—. ¿No es estupendo? ¡Qué países tan simpáticos, dan muy buenos rendimientos a los que compran su deuda!

Durante unos momentos, la prima se quedó sin palabras ante tamaña majadería.

—¡No pagan intereses elevados por bondad de corazón, pedazo de alcornoque! Lo hacen porque es la única manera de convencer a la gente de que les preste dinero. Como los inversores no confían en que puedan pagar los intereses y devolver el capital, sólo aceptan comprar esos títulos a cambio de la posibilidad de conseguir rendimientos elevadísimos... ¿Es que nunca has oído hablar de la relación entre la Rentabilidad y el Riesgo?

—Pues no... ¿Esos dos también son familia?

—Sí —suspiró la prima—. !En este pueblo deben de estar muy desesperados para haber puesto su patrimonio en tus manos! La Rentabilidad y el Riesgo son una pareja inseparable. Jamás verás al uno sin el otro. Donde hay mucha rentabilidad, siempre hay mucho riesgo.

—Esto es realmente apasionante —aplaudió Juan, muy animado—. Jamás hubiera imaginado que los temas financieros darían para tantos chismes. ¡Es casi como una revista del corazón, pero sin las fotos! A ver si lo he entendido bien: si tú eres prima de Riesgo y Riesgo es pareja de hecho de Rentabilidad, ¿tú serías una especie de cuñada segunda de Rentabilidad?

—Sí, una especie —murmuró la prima, a punto de arrojar la toalla. Tras un instante de vacilación, decidió retomar la iniciativa y proyectó su más aterradora voz de ultratumba—. ¡Soy la diferencia entre los intereses que pagan los países que se consideran solventes y los que no! ¿Te has dado cuenta de que ya ocupo casi toda la oficina? Es porque tú has invertido en deuda pública de países con una gigantesca prima de riesgo... ¡Hay muchas probabilidades de que esos países no paguen sus deudas! Vas a perder millones y millones... ¡Cancela tus órdenes mientras puedas y tal vez aún consigas salvarte!

—¡Pero qué manía tenéis todos con que cancele mis inversiones! —refunfuñó Juan, que ya estaba medio ahogado por aquel gigantesco ectoplasma con tendencias expansionistas—. ¡No pienso hacerlo! Si no pagan, ¡mala suerte! Pero, si pagan, ¡ganaré un montón! La vida y las inversiones no son más que un juego... ¡Lo importante es la salud!

Tal y como había ocurrido el día anterior, aquellas resultaron ser las palabras mágicas para que el espectro financiero se batiera en retirada. Juan volvió a quedarse solo en la oficina, bastante molesto porque había perdido otra oportunidad para conocer el miedo. "Si esto es lo más aterrador que pueden hacer estos riesgos, está claro que aquí tampoco voy a encontrar lo que busco".

Al día siguiente, el rey encontró a Juan más o menos igual que la primera vez.

—Veo que has superado otra jornada. No consigo explicármelo... pero sí tengo claro que nadie puede tener tanta suerte tres veces seguidas. Te aconsejo que abandones ahora que todavía tienes intactas tus facultades mentales... bueno, las pocas que tenías al llegar aquí.

—De ninguna manera pienso marcharme, majestad —protestó Juan—. Sigo sin saber lo que es el miedo.

Con el debido respeto, hasta ahora vuestros riesgos no me parecen gran cosa. ¡Espero que esta noche resulte algo más movidita!

El padre de todos los riesgos

En cuanto el rey salió por la puerta, Juan se abalanzó sobre la computadora, dispuesto a liquidar su tarea de gestión de activos de una vez por todas. Ya se había dado cuenta de que las apariciones coincidían con sus últimas elecciones del día, por lo que decidió abreviar el trámite para animar al último fantasma financiero a aparecer cuanto antes. Colocó el dinero casi sin mirar, convencido de que era imposible adivinar el futuro y de que, en el peor de los casos, cualquier error quedaría compensado por una adecuada diversificación.

Estaba nuestro héroe confirmando las últimas operaciones cuando, con puntualidad británica, tuvo lugar el pertinente apagón. Sin embargo, esta vez Juan no necesitó hacer ningún clic para convocar a los espíritus: las pantallas cobraron vida propia y comenzaron a mostrar números y gráficos que cambiaban a velocidad de vértigo, proyectando espectaculares presentaciones holográficas.

—¡Es como estar en una montaña rusa! —exclamó Juan. Como de costumbre, se acomodó en su butaca de ejecutivo mientras esperaba que el fantasma de turno iniciara su diatriba.

—¡Incauto! ¡Suicida financiero! ¡Cancela de inmediato todo lo que has hecho si no quieres sufrir espeluznantes pérdidas!

—¿En serio? —preguntó Juan—. Bueno, tendrás que convencerme con algo mejor que esas montañitas de colores que suben y bajan.

—¿Montañitas de colores? —balbuceó la voz—. ¿Nunca has visto una pantalla Bloomberg?

—¿Ese es tu nombre? ¡Qué elegante!

—No, mastuerzo, no me llamo Bloomberg. ¡Yo soy el RIESGO DE MERCADO!

—Ya me parecía a mí que Bloomberg era un nombre muy pretencioso para un simple riesgo...

—¿Un simple riesgo? —se atragantó el riesgo de mercado—. ¡No tengo nada de simple! ¡Puedo hacer que tu patrimonio quede reducido a la nada! ¡Puedo hacer que los precios de los valores bajen! ¡Que los tipos de interés suban para que tus valores de renta fija valgan menos! ¡Que las monedas de los países en los que has invertido pierdan valor! En una palabra... ¡puedo hacer que todas tus inversiones no valgan ni un pimiento!

Mientras Juan pensaba que aquel espectro era, con gran diferencia, el más antipático y caprichoso de los tres, los gráficos y las proyecciones tridimensionales se modificaban para ilustrar las consecuencias de tan furibundas amenazas. Las montañitas picudas se iban transformando en suaves colinas y, finalmente, en profundas fosas submarinas, a medida que el enorme patrimonio perdía todo su valor.

—Disculpa, pero más allá del mérito estético de tu presentación, no le veo el punto —comentó Juan—. Francamente, suponía que el último riesgo sería el más aterrador.

—¡Y lo soy! —se ofendió el riesgo de mercado—. ¡Soy el último jinete del Apocalipsis inversor! ¡Soy EL RIESGO por definición!

Juan bostezó.

—Vale, vale, lo que tú digas. Si no tienes nada más

que mostrarme, será mejor que te largues y me dejes descansar. Por mucho valor que pierdan las inversiones, todo en la vida puede arreglarse con tiempo, sobre todo si el dinero está bien repartido aquí y allá. ¡Lo importante es la salud!

Y el feroz riesgo de mercado se desvaneció como sus predecesores. Muy decepcionado por haber perdido la última oportunidad de conocer el miedo, Juan decidió que al menos aprovecharía el jacuzzi antes de irse a dormir.

¡Agggghhhh!

A la mañana siguiente, el rey no era el único que estaba pendiente de su despertar. Una delegación de prohombres y autoridades se apiñaba a los pies de la cama, y mientras trataba de limpiarse las legañas oyó un pomposo discurso en el que le pareció distinguir las palabras "salvador de nuestro pueblo", "valerosísimo inversor" y "príncipe de la patria".

Los días siguientes se convirtieron en una vorágine de reconocimientos y celebraciones. Los habitantes del lugar experimentaron una asombrosa transformación: en lugar de arrastrar los pies y hablar en susurros, aprovechaban cualquier ocasión para bailar en las calles *"Dale a tu cuerpo alegría, Macarena"*. Aunque al principio se hacían un lío con los pasos, poco a poco lograron reproducir la compleja coreografía con bastante propiedad.

El rey decretó un mes de fiesta nacional para festejar la boda de su hija con Juan, que en adelante sería conocido como Su Alteza Real el Príncipe Juan sin Miedo al Riesgo.

Algunas semanas más tarde, mientras paseaban por los jardines del castillo, la princesa confesó a su marido que había conseguido todo lo que deseaba en la vida:

—¡Qué felices vamos a ser, Juan! Jamás tendremos que preocuparnos por nada. Pasaremos todos los veranos en un *"resort todo incluido"* en el Caribe. Las Navidades, en Aspen. Creo que tres niños es un buen número... ¡Quizá cuatro! Los fines de semana los pasaremos en el centro comercial... ¡Es tan agradable tener bien planificado un futuro plácido y seguro!

Juan empezó a notar una desagradable sensación en la boca del estómago. Mientras visualizaba el porvenir que con expresión soñadora describía su flamante esposa, sintió cómo se desplegaban ante sí varias décadas del más absoluto, aplastante e insufrible... ABURRIMIENTO.

Y comprendió que, después de todo, había logrado su objetivo: encontrar la única cosa en el mundo que le producía auténtico pavor.

5. KAPERUCITA Y SU CIBERABUELITA

"¡Hola, Caperucita Verde! ¡Hola, lobo daltónico!". Si hay un cuento que se ha prestado a chistes y bromas de todo tipo, ese ha sido Caperucita Roja. Por desgracia, casi todas las versiones alternativas explotan el presunto morbo de la relación entre Caperucita y el Lobo Feroz.

Como no nos motivan las soluciones fáciles, en esta ocasión vamos a actualizar el cuento respetando los roles clásicos: Lobo Malo, Abuelita Indefensa, Caperucita... No, a Caperucita vamos a subirle unos cuantos puntos el cociente intelectual, porque en el original no está claro si es miope perdida o mema integral.

En el bosque

Érase una vez una jovencita avispada e inquieta, a la que sus amigos llamaban con mucha guasa Kaperucita Roja, porque a todas horas llevaba encasquetada una gorra roja de visera que le había regalado su abuelita y que, según ella, le daba muchísima suerte.

En el momento en que comienza esta historia, Kaperucita no se sentía especialmente afortunada, porque su adorada abuela acababa de trasladarse a un geriátrico exclusivo y muy caro... que estaba al otro lado de la ciudad. Mujer de espíritu joven y talante bromista, su abuela aseguraba con un guiño que había tomado esa decisión porque quería que se lo dieran todo hecho y... ¿quién sabe? ¡Tal vez incluso podría conocer "caballeros" de su edad!

—He estado ahorrando toda la vida para vivir como una reina en mi vejez, y qué mejor para ello que una residencia de lujo —afirmaba con gran convencimiento.

Sin embargo, la familia sabía que ya no podía valerse tan bien como antes y que, independiente y testaruda como era, se había propuesto "no ser una carga para nadie".

Kaperucita no estaba dispuesta a perder de vista a su abuelita, así que se dirigió al geriátrico para comprobar con sus propios ojos que todo estaba en orden. Su madre preparó una mochila con galletitas sin azúcar, mermelada *light* y todo tipo de golosinas presuntamente apropiadas para las personas mayores.

Kaperucita añadió por propia iniciativa algo que le pareció mucho más práctico: un pequeño ordenador portátil con los programas necesarios para mantener videoconferencias.

El geriátrico ostentaba el pomposo nombre de "Residencia El Bosque", pese a que el lugar era moderno, frío y funcional a más no poder, y que no había a la vista ni una triste maceta.

Encontró a su abuela en la sala de estar comunitaria, hojeando una revista "del corazón" con aspecto de completo aburrimiento. Cuando vio entrar a su nieta, su expresión cambió y se levantó con notable presteza:

—¡Kaperucita! ¡Qué ganas tenía de verte!

Por desgracia, el reencuentro se vio interrumpido por la inoportuna aparición de un individuo alto y moreno, con una pobladísima barba oscura.

—Estimada señora, ¿no hemos hablado ya de lo peligrosas que son las emociones fuertes para su delicado estado de salud? —preguntó en un tono suave y preocupado.

—¿Delicado estado de salud? —protestó Kaperucita, muy sorprendida—. ¡Aparte de la fragilidad propia de los años, mi abuela está como un roble y hace años que no tiene ni un mal resfriado!

El tipo grandote se volvió hacia ella y le dedicó una siniestra sonrisa, en la que relucían sus blancos y afilados dientes.

—Kaperucita Roja, supongo... Permítame presentarme: me llamo Félix Lobo y soy el director de El Bosque. Mi cargo me hace responsable del bienestar de su querida abuela, por lo que le ruego encarecidamente que no altere su tranquilidad con visitas demasiado frecuentes. Comprenderá que las energías de la juventud no encajan bien con el descanso que precisan las personas de edad avanzada.

—¿Edad avanzada? ¡Pero si mi abuela sólo tiene 76 años! —interrumpió de nuevo Kaperucita, furiosa y atónita por las palabras y el tono de aquel desagradable sujeto.

—Bueno, bueno... No es necesario enfadarse —zanjó el hombre, echándose a reír—. Estoy seguro de que ambos queremos lo mejor para su abuela. Puede quedarse un rato, ¡pero no la altere demasiado!

Kaperucita tardó un buen rato en recuperar el ánimo, y se felicitó a sí misma por su excelente idea al llevar la computadora.

—Abuela, guárdala bien para que no la vea ese estúpido, y todas las noches hablaremos por Skype.

Volvió a casa bastante alarmada, preguntándose si serviría de algo investigar en Google al tal señor Lobo, que más parecía un facineroso que alguien capaz de cuidar como es debido a un grupo de ancianos.

Susurros en la oscuridad

Una semana después, empezó a pensar que sus temores eran infundados: su abuelita se conectaba cada noche a Skype y bromeaba con ella, contándole las pequeñas anécdotas de la vida en la residencia. Hasta que un día...

—Abuelita, abuelita, hay poca luz en tu habitación y apenas puedo verte. ¿Por qué no enciendes la lámpara y te acercas más a la computadora?

—Hoy he tenido un espantoso dolor de cabeza y me siento más cómoda a oscuras, Kaperucita.

—Abuelita, abuelita, qué voz tan rara y ronca tienes hoy.

—Es porque estoy un poco resfriada, Kaperucita.

—Abuelita, abuelita, tus dientes parecen grandísimos esta noche.

—Ejem... Es que he adelgazado un par de kilos y la dentadura postiza me queda un poco suelta.

—¿Adelgazado? Abuelita, yo te veo más corpulenta de lo normal.

—No, no, Kaperucita, es que siento escalofríos a causa del catarro y me he echado encima varias mantas.

—Abuelita, ¿prefieres que te llame mañana, cuando te encuentres mejor?

—No, no, querida mía, prefiero hablar esta noche, porque necesito pedirte un favor. He decidido mover mis ahorros y hacer unas inversiones, pero no recuerdo dónde he guardado mis claves para operar por Internet. Como tu madre también las tiene, ¿podrías pedírselas y enviármelas por correo electrónico?

—Ah... Eh... Claro, abuelita, cómo no. Te dejo descansar ahora para que te recuperes y ahora mismo le pido a mamá tus claves. ¡Hasta mañana, abuelita!

—Hasta mañana, Kaperucita.

Kaperucita, que bajo la gorra de visera no tenía ni un pelo de tonta, comunicó a sus padres sus sospechas acerca de la extrañísima petición de la "abuela", y estos se pusieron de inmediato en contacto con la policía.

Sigilosos y eficientes, los agentes entraron en El Bosque y encontraron... exactamente lo que esperaban: el señor Félix Lobo babeaba en su despacho sobre la computadora de la abuelita, seguro de haber engañado a la ingenua mozuela y esperando las claves que le darían pleno acceso a las cuentas de la anciana. Como era un estafador y un chorizo pero no Hannibal el Caníbal, se había limitado a dejar a la abuelita fuera de combate con una generosa dosis de somníferos.

Con la abuela a salvo y bien cuidada en casa de Kaperucita, no tardaron en reconstruir los hechos: de forma astuta e insidiosa, el señor Lobo se había ganado poco a poco la confianza de la anciana y, sin que ella lo advirtiera, había logrado sonsacarle un montón de datos, en apariencia irrelevantes pero muy reveladores, sobre sus finanzas y las relaciones familiares.

Además, se había ofrecido a colocar una foto de Kaperucita como fondo en su cuenta de correo electrónico y la señora, muy animada ante la perspectiva de ver la cara de su nieta a todas horas, le había proporcionado inocentemente la contraseña.

—Abuelita, eres un peligro —se lamentaba Kaperucita, que aún no se había repuesto del susto—. ¿Cuántas veces te he repetido que las contraseñas no hay que dárselas a nadie, a nadie, a nadie, a nadie...?

Y colorín colorado, otra vez la abuelita... ¡del Lobo se ha salvado!

6. PULGARCITO Y LOS AJUSTES ANTICRISIS

Mientras algunos padres opinan que los cuentos infantiles pueden llegar a ser extremadamente crueles, muchos expertos aseguran que son la mejor forma de familiarizar a los más pequeños con las realidades del mundo. En esta ocasión, vamos a destrozar la versión de *Pulgarcito* de Perrault, con el laudable propósito de que los niños de hoy se encuentren mejor preparados que sus progenitores para afrontar todo tipo de crisis, ajustes y recortes.

Para los que ya han olvidado el cuento original o nunca han tenido el disgusto de oírlo, Pulgarcito es el diminuto hijo menor de una prolífica familia de pobres leñadores. Tan pobres, tan pobres que, no viéndose capaces de mantener a sus siete pequeños, los abandonan en dos ocasiones en mitad del bosque, para que espabilen y se busquen la vida por su cuenta. La primera vez, Pulgarcito decide no captar la indirecta y encuentra el camino de regreso a casa tras haber dejado un rastro de piedrecitas. En la segunda ocasión tiene un pequeño error de cálculo y utiliza migas de pan, que son devoradas por los pajarillos del bosque. Tras escapar por los pelos de un malvado ogro y robarle sus botas de siete leguas, los hermanos regresan felices y contentos al hogar, no sin antes amasar una fortuna por el camino (parece que a esas alturas ya habían comprendido que sin dinero no iban a ser bien recibidos).

Lamentamos comunicar que...

En nuestra versión actualizada del cuento, los padres de Pulgarcito no hicieron algo tan burdo como dejarlos en mitad de un bosque a merced de los ogros, acto que hubiera resultado difícil de justificar ante los servicios de protección de menores. En lugar de eso, convocaron una reunión familiar en torno a la chimenea, y el padre se dispuso a leer la nota de prensa que había elaborado tras consultar a un reputado experto en comunicación corporativa:

Con profundo pesar pero inquebrantable fe en el futuro, los responsables de esta casa nos vemos obligados a realizar ciertos ajustes presupuestarios que, si bien exigen dolorosos sacrificios a corto plazo, resultan imprescindibles para evitar la quiebra de nuestra unidad productiva familiar. Dado que el nivel de los recursos disponibles no alcanza para mantener el desempeño normal de la actividad, después de muchos cálculos y consideraciones no encontramos otra solución que realizar algunos retoques en el presupuesto del hogar:

Punto 1. Ajuste del 80% de los gastos en educación. Esto significa que sólo 1,4 de nuestros hijos pueden continuar asistiendo al colegio. Puesto que tal cifra no tiene sentido práctico alguno y para no incurrir en discriminación entre nuestros retoños, se decreta la cancelación total de la inversión en este apartado.

Punto 2. Ajuste del 80% de los gastos médicos, lo que implica que todo niño que caiga enfermo tendrá que sacar el dinero de su alcancía para sufragar el tratamiento y las medicinas, ya que el 20% de los fondos disponibles sólo alcanzan para la atención sanitaria de la cúpula directiva (es decir, los padres).

Punto 3. Ajuste del 80% en gastos de vivienda y suministros. Esta unidad productiva familiar no puede financiar el alojamiento y la manutención de elementos improductivos, ya que los escasos recursos disponibles deben destinarse al sostenimiento de la estructura directiva.

Tras la solemne lectura del comunicado por parte del cabeza de familia, Pulgarcito y sus hermanos se miraron atónitos, sin asumir del todo las implicaciones de lo que acababan de escuchar.

—Esto quiere decir, mis adorados pequeñuelos — intervino entonces la madre, mientras pretendía enjugarse una lagrimilla con el pañuelo— que no os podemos seguir manteniendo por más tiempo, por lo que tendréis que buscar otro lugar donde vivir.

—¡Pero si nunca hemos ido más allá de los límites de la aldea! —exclamó asustado el hermano mayor—. Nos perderemos en el bosque... ¡Quién sabe qué peligros acechan allí!

Entonces Pulgarcito, que era la prueba viviente de que el tamaño y la bravura no guardan relación directa (de hecho, todos sabemos que el mundo está lleno de gigantescos cobardes), asumió la tarea de animar a sus hermanos.

—¡No os preocupéis! Mañana haré algunas indagaciones y lo prepararé todo para que nos pongamos en camino. ¡Ya veréis como todo saldrá bien!

Fuga de talentos

Dicho y hecho. Al día siguiente, Pulgarcito acudió al Centro Comunitario de la Aldea y se conectó a Internet. Gracias a las utilidades Boosque Earth y Boosque Maps, no sólo encontró la ruta más rápida y segura para atravesar el desconocido bosque evitando a los ogros, sino que se enteró de que, justo al otro lado, se encontraba la frontera de entrada a un reino vecino mucho más avanzado y próspero.

Con tan buenas noticias y un plan de viaje, Pulgarcito y sus hermanos pronto estuvieron listos para emprender la aventura. Ligeramente avergonzada (pero sólo ligeramente), la madre les entregó algunos mendrugos de pan duro. Sin embargo, Pulgarcito era un chico muy práctico y ya daba por cerrado ese capítulo de su vida, así que rechazó con mucha dignidad la patética ofrenda:

—Gracias, madre, pero ya encontraremos algo comestible en el bosque. Mejor guárdalo para la cúpula directiva. ¿Qué esperas que hagamos con ese pan duro? ¿Acaso crees que voy a dejar un rastro de migas para encontrar el camino de vuelta?

Sin más dilación, los decididos jovencitos partieron en busca de nuevos horizontes. Gracias a los mapas de Pulgarcito llegaron sin contratiempos al país vecino, y lo primero que hicieron fue buscar un colegio para preguntar si podían completar su educación (después de todo, sólo eran niños).

Cuando el Director comprobó lo inteligentes y bien dispuestos que eran, les dio una beca completa con la que pudieron terminar los estudios. Al cabo de pocos años, todos los hermanos habían logrado desarrollar sus habilidades y eran profesionales felices y prósperos.

Un buen día, les picó la curiosidad y se les ocurrió ir de vacaciones al hogar de su infancia, para ver qué había sido de sus padres y de sus antiguos vecinos.

Sin demasiada sorpresa, constataron que la aldea seguía anclada en el siglo XIX; ni siquiera las hojas de los árboles parecían haberse movido de su sitio. Sus padres, ahora más ancianos, seguían esforzándose para subsistir de forma precaria. Por supuesto, al ver el éxito de sus retoños se apresuraron a pedirles una contribución económica, apelando a la voz de la sangre (a la que ellos habían hecho oídos sordos unos años antes).

Pulgarcito y sus hermanos les prometieron una pequeña ayuda, porque eran de corazón generoso y porque, aun sin pretenderlo, aquellos padres tan cortos de miras les habían hecho un gran favor.

7. EL PUBLICISTA DE HAMELÍN 2.0

Hace muchos siglos, los habitantes de Hamelín se negaron a pagar el precio acordado a un misterioso músico que, con la mágica melodía de su flauta, les había librado de una plaga de voraces ratoncillos.

Como en aquella época no existían los tribunales civiles ni los laudos arbitrales, y cada uno resolvía las discrepancias contractuales a su manera, el flautista utilizó el mismo encantamiento para llevarse con él a todos los niños, convirtiendo Hamelín en un pueblo sin futuro. Fueron necesarias muchas generaciones para que Hamelín recobrara la prosperidad y la alegría perdidas.

Pasado algún tiempo...

Una histórica calumnia

Los habitantes del lugar habían borrado completamente el episodio de sus mentes y de sus libros escolares, después de que un eminente historiador patrio llegara a la conclusión de que tal hecho era incompatible con la nobleza intrínseca del pueblo hamelinés, por lo que sólo podía tratarse de una leyenda negra difundida por enemigos envidiosos. La verdad es que las cosas les iban bastante bien: todos tenían su lugar en la comunidad y vivían de forma digna y acomodada. El progreso técnico aumentó sus relaciones con los pueblos vecinos, y el consiguiente florecimiento del comercio mejoró aún más su calidad de vida.

Sin embargo, la felicidad no duró mucho: los hamelineses pronto comenzaron a preguntarse por qué sus vecinos tenían casas más grandes, automóviles más lujosos y muchos aparatos mágicos llenos de luces, botones e imágenes. ¡Ellos también querían disfrutar del mismo esplendor!

Como eran gente honrada y trabajadora y no conseguían explicarse tan abismal diferencia entre su sencillo estilo de vida y lo que veían a su alrededor, nombraron a un comité de sabios para que se encargara de analizar la situación y proponer soluciones para salvar la brecha.

Los eruditos trabajaron con ahínco durante más de dos años: consultaron documentos, realizaron encuestas y entrevistas entre las poblaciones vecinas y obtuvieron estadísticas con las que elaboraron complejos modelos predictivos.

Finalmente, consideraron que había llegado el momento de convocar a todos los ciudadanos de Hamelín para hacerles partícipes de sus conclusiones. En la plaza del pueblo no cabía ni un alfiler; todos los adultos habían aparcado sus tareas cotidianas, mientras los niños asaltaban los parques y jardines para disfrutar de una imprevista tarde de libertad.

El presidente del comité, con gran pomposidad, tomó el micrófono, se aclaró la voz e inició el esperado discurso:

¡Apreciados conciudadanos de Hamelín!

Tras un arduo y riguroso trabajo de investigación, os comunicamos con gran satisfacción que hemos identificado las razones de nuestra inferioridad material frente a los pueblos allende nuestras fronteras. Sin ánimo de culpar a nuestros honorables ancestros, hemos llegado al convencimiento de que las conductas y hábitos transmitidos por las generaciones precedentes son el motivo de las lamentables deficiencias que padecemos en la actualidad.

Si hubiera algo de cierto (que no lo hay) en la difamatoria leyenda sobre la plaga que asoló Hamelín siglos ha, podríamos afirmar que tales principios y comportamientos son los "ratones" que hoy día carcomen nuestras posibilidades de alcanzar las riquezas y el estatus que merecemos. Sin más dilación, pasamos a compartir con vosotros los lamentables atributos que deben ser erradicados de nuestra sociedad lo antes posible:

1. Mentalidad de ahorro. *¡Vade retro! Nuestra arraigada costumbre de ahorrar antes de adquirir algo nos mantiene estancados en la mediocridad. En cambio, nuestros vecinos aumentan sus posesiones sin cesar mediante un ingenioso instrumento denominado "tarjeta", gracias al cual no necesitan tener dinero, sino sólo la perspectiva de conseguirlo en el futuro. Tan avanzada herramienta les permite obtener cuanto desean sin tener que esperar, mientras nosotros remendamos y reutilizamos las cosas una y otra vez. ¡Vivamos como ricos y lo seremos también!*

2. Cultura y espíritu crítico. *¡Otro de los grandes lastres de nuestra sociedad! Pensar demasiado y desarrollar opiniones propias ocupa un tiempo precioso, que estaría mucho mejor empleado en el consumo de bienes y en la satisfacción de nuestros deseos. Mientras la población de Hamelín pierde el tiempo en conciertos, paseos y conferencias, nuestros vecinos pasan sus vidas en unos paraísos de abundancia y felicidad llamados "centros comerciales".*

3. Respeto por la naturaleza y todas sus criaturas. *Los hamelineses tratamos la naturaleza y a sus criaturas como si fueran de porcelana. ¡Qué exageración por nuestra parte! ¡Por muchos árboles que se talen, siempre quedarán más en alguna parte! Los pueblos que nos rodean, más avanzados y prácticos que nosotros, comprenden que los recursos naturales están a nuestro servicio para que los explotemos, y no nosotros al suyo para protegerlos.*

En definitiva, queridos conciudadanos de Hamelín, si queremos alcanzar los elevados estándares de prosperidad de otros pueblos, es imperioso que prescindamos de inmediato de la mentalidad de ahorro, de la cultura, del espíritu crítico y del respeto por la naturaleza y demás seres vivos. ¡He dicho!

El experto que viene de fuera

En la plaza se hizo un gran silencio. Los hamelineses se miraban unos a otros, desconcertados por tan contundente diagnóstico. ¿Cómo podían cambiarse, de la noche a la mañana, los principios y comportamientos de toda una vida? Interpretando correctamente las dudas de sus paisanos, otro de los sabios tomó la palabra:

—Sin duda os preguntaréis cómo podemos librarnos de semejante plaga de escrúpulos improductivos. ¡Aquí tenéis la respuesta! Hemos traído con nosotros a un mago extranjero, cuyas excepcionales habilidades abrirán nuestras mentes a las ideas de progreso que triunfan desde hace tiempo entre nuestros vecinos. Estimados compatriotas, con respeto y emoción os presento... ¡AL PUBLICISTA DE HAMELÍN!

Los estupefactos vecinos vieron acercarse al micrófono a un tipo de aspecto confiable y risueño, que comenzó a hablar tan pronto como los miembros del comité pusieron fin a sus entusiastas aplausos de bienvenida:

—¡Gracias por estar aquí! En primer lugar, quiero felicitaros por la inteligencia y perspicacia que habéis mostrado al comprender las limitaciones de vuestro actual estilo de vida. Mi tarea es ayudaros a efectuar la transición hacia una dicha y una riqueza sin parangón. Y lo mejor es... ¡que no será necesario ningún esfuerzo por vuestra parte! Sólo tenéis que relajaros y disfrutar con los contenidos de las pantallas que voy a repartir por todo el pueblo. Si lo deseáis, incluso podéis tener una en vuestras propias casas, completamente gratis.

»Sin apenas daros cuenta, vuestra mentalidad habrá experimentado un cambio radical y no tendréis nada que envidiar a las villas circundantes.

Y así ocurrió. Los vecinos empezaron a pasar cada vez más tiempo contemplando las deliciosas y emocionantes mezclas de imagen y música que el mago les ofrecía a través de las pantallas. ¡La pálida realidad no podía competir con ese mundo brillante y colorido!

Los hamelineses trabajaron con denuedo para crear y obtener las maravillas que se les mostraban a diario, y pronto surgieron infinidad de nuevos negocios inspirados en las pantallas mágicas.

En poco tiempo, todos los hogares disponían de las prodigiosas "tarjetas-cumple-deseos", con las que era posible adquirir cualquier cosa. Tiraron sus acogedoras y sólidas viviendas y construyeron en su lugar casas mucho, mucho más grandes, tan esplendorosas que a nadie le importó tener que talar todo el antiguo bosque.

En resumen, el pueblo quedó irreconocible. ¡Por fin eran exactamente iguales que sus vecinos! Las mismas casas, los mismos autos, las mismas tarjetas... Si no hubiese sido por las fronteras, habría resultado imposible saber dónde terminaba el pueblo anterior y dónde comenzaba Hamelín.

No había duda de que el publicista había realizado bien su trabajo, y un buen día se presentó ante las autoridades para reclamar el pago acordado. Pero...

Y los niños le siguieron

Resultó que la leyenda negra no era sólo una leyenda, después de todo, porque el publicista recibió la misma respuesta que le habían dado al flautista siglos atrás:

—¿Pretendes beneficiarte de nuestro esfuerzo? ¡Lo que has hecho no es tan importante! Hemos sido nosotros los que hemos construido toda esta belleza, y no podemos destinar nuestros recursos a financiar tus infantiles peliculitas.

El publicista guardó silencio unos instantes. Entonces esbozó una malévola sonrisa y, antes de retirarse, murmuró:

—Parece que mi trabajo aún no ha terminado... ¡Será como deseáis! Seguiré con mis peliculitas infantiles... completamente gratis.

Como todos estaban muy ocupados con sus interminables tareas y responsabilidades (¡tan exclusivo estilo de vida no se sostenía solo!) tardaron bastante tiempo en darse cuenta de que los contenidos de las pantallas mágicas habían cambiado. Ya no mostraban escenas apetecibles para los adultos, sino... ¡para los niños!

Al principio, los padres se dijeron a sí mismos que, si querían que la prosperidad de Hamelín perdurase en el tiempo, parecía lógico que los niños desarrollaran las mismas ambiciones que inspiraban a sus mayores.

Los parques y jardines infantiles quedaron abandonados, mientras los pequeños pasaban horas y horas boquiabiertos ante las pantallas mágicas: ya no leían, ni jugaban unos con otros, y sólo hablaban de lo que habían visto, o de lo que iban a ver al día siguiente. No mostraban ningún interés por hacer nada que no fuera contemplar las pantallas, cada día más mágicas, cada día más atractivas, cada día más absorbentes... ¡cada día más interactivas!

Por fin, los hamelineses comprendieron que tenían un serio problema. Todos sus niños habían desaparecido: aunque sus cuerpos seguían en Hamelín, sus mentes residían en alguna ignota dimensión paralela que para ellos era más real que la realidad misma, y en la que estaban fuera del alcance de los adultos.

¿Era otra vez Hamelín un pueblo sin futuro, lleno de niños zombis? Las autoridades agacharon las orejas y fueron a disculparse ante el publicista, con gran profusión de reverencias, mientras le suplicaban que volviera a dejar a los niños como antes.

—Me temo que eso no es posible —respondió el publicista—. Lo hecho, hecho está. Sin embargo, no todo está perdido. Existe una forma de reconducir la situación... pero mis honorarios se han multiplicado por cuatro. Además, quiero que se me pague por adelantado y que todos los negocios del pueblo me financien en el futuro como muestra de su responsabilidad social.

Huelga decir que sus condiciones fueron aceptadas de inmediato.

Y el publicista fundó la primera empresa de videojuegos educativos de Hamelín.

8. ALADINO Y LA TABLETA MARAVILLOSA

¿A quién no le gustaría poder hacer realidad cualquier deseo con sólo un ligero movimiento de los dedos? Desde que la lámpara maravillosa de Aladino y su genio residente desaparecieron por error en algún contenedor de reciclaje, la humanidad había perdido las esperanzas de contar con algo parecido... hasta que salieron al mercado los dispositivos táctiles de Steve Jobs.

En el cuento clásico, Aladino es un joven que vive con su madre en lo que de manera eufemística se denomina "digna pobreza". Tras cierto incidente con un malvado mago, acaba en posesión de un anillo y de una lámpara habitados por sendos genios: el del anillo transporta al poseedor de un lado a otro, mientras que el de la lámpara está consagrado a satisfacer todos los deseos del amo de turno.

Aladino y su madre se muestran prudentes y no sobrecargan de peticiones al genio de la lámpara, hasta que el jovencito se enamora de la hija del sultán. Como aspirar a tal enlace requiere una considerable mejora del estatus de Aladino, al genio le toca hacer horas extra: un palacio, ropas suntuosas y demás minucias imprescindibles cuando uno se mueve en las altas esferas. Aladino se casa con la princesa y son muy felices. Lamentablemente, su proyección mediática llama la atención del malvado mago, que con arteros manejos consigue recuperar la lámpara mágica y secuestra a la princesa, con palacio y todo.

Desolado, Aladino recurre al genio del anillo para encontrar a su mujer. El mago, que por lo visto era malvado pero no muy perspicaz, cae en una trampa de lo más tonta y Aladino recupera lámpara, palacio y princesa.

Para todos los que creen que la magia se ha extinguido en nuestro mundo de ciencia y tecnología, he aquí la historia del nuevo Aladino.

El talento de un chico Ni-Ni

Aladino era un muchacho que ni estudiaba ni trabajaba. Sobrevivía a base de pequeños chanchullos pero, gracias a su buen corazón, jamás atravesaba la línea en la que otra persona podía resultar dañada. La pensión de viudedad de la madre era tan exigua que no les alcanzaba ni para lo más básico, por lo que la buena mujer completaba el presupuesto familiar con agotadoras jornadas de limpieza en oficinas y casas ajenas.

Un domingo, en la puerta de la modesta vivienda se presentó un tipo de aspecto bastante siniestro.

—¡Querido Aladino! Te he buscado durante mucho tiempo... Soy el único hermano de tu difunto padre, con el que hace años perdí el contacto. Por desgracia, mis constantes viajes me han mantenido alejado del hogar, pero ahora estoy en disposición de instalarme y recuperar el tiempo perdido.

La madre de Aladino se quedó tan sorprendida

como su hijo, porque siempre había estado convencida de que su fallecido esposo no tenía hermanos ni otros familiares en el mundo. Por otra parte, ¿qué motivos podría tener un hombre rico para inventarse parentesco alguno con una familia tan obviamente necesitada? Como la curiosidad suele ganar a la cautela, finalmente invitaron al desconocido a compartir su frugal almuerzo.

—Me atrevería a decir que subsistís con notable estrechez —observó pensativo el visitante, como si hiciera falta una especial clarividencia para darse cuenta de que en aquella casa se vivía por debajo del umbral de la pobreza—. ¡Cuánto lamento haberos desatendido durante tanto tiempo! Por suerte, eso va a cambiar de inmediato. Soy un hombre muy rico y voy a encargarme de que en adelante no os falte de nada.

Aladino quedó fascinado por el viajero, que hablaba con soltura de lugares lejanos y maravillas sin fin. Se sintió feliz cuando el hombre comentó, como si se le acabara de ocurrir en ese preciso momento, que "había una gestión para la que le vendría muy bien la ayuda de su queridísimo sobrino".

Un pequeño favorcillo

Con el reacio consentimiento de la madre, que no acababa de ver claras las intenciones de aquel sujeto, Aladino y su nuevo tío se dirigieron a un extraño lugar en las afueras de la ciudad, lleno de naves industriales medio ruinosas y aparentemente abandonadas. Por fin, el hombre se detuvo frente a un sucio almacén y concretó sus instrucciones:

—Aladino, este lugar y todo su contenido me pertenecen, pero hace mucho que la persona que lo custodiaba falleció, y nadie ha sido capaz de encontrar las llaves para entrar. Como verás, se trata de una cerradura bastante complicada, pero tengo entendido que tú eres un hábil ladronzuelo... ejem... quiero decir, cerrajero, y que no hay candado o puerta de seguridad que se te resistan. En realidad, no necesito todo lo que hay dentro, sino sólo una tableta digital... No tiene especial valor, ya que se trata de un modelo terriblemente obsoleto, pero soy un sentimental y me gustaría recuperarla.

Encantado de poder ser útil a un hombre tan valioso, Aladino se concentró en abrir la cerradura que, efectivamente, era un modelo muy complejo. Cuando lo consiguió, media hora después, descubrieron consternados que la puerta apenas podía abrirse unos centímetros. Al parecer, algo muy pesado se había desplomado en el interior y obstaculizaba su recorrido.

El tío reflexionó durante unos instantes y pronto halló la solución:

—Aladino, lo mejor será que entres tú a buscar la tableta. ¡Eres lo bastante enclenque como para pasar por la abertura!

Aunque, efectivamente, rozaba la desnutrición, a Aladino le costó bastante pasar por el estrecho hueco. Después de contorsionarse durante un buen rato, logró colarse en el interior de la nave. De inmediato lamentó no tener más luz. ¡Aquel lugar estaba repleto de extraños artefactos de aspecto futurista! Eso sí, también había montañas de polvo y telarañas a tutiplén.

No tardó mucho en encontrar la tableta, que parecía datar de la prehistoria digital y era el menos interesante de todos los cachivaches almacenados. A su lado había una especie de anillo de plástico como los que salen en las bolsas de patatas fritas, pero estaba rematado por una especie de canica gigante que llamó la atención de Aladino. Sin pensar, se lo colocó en el pulgar y descubrió que encajaba a la perfección. Se dirigió a la puerta junto a la que esperaba su nuevo pariente.

—Tío, me ha costado mucho entrar y, con la tableta en la mano, creo que salir será aún más difícil. ¡Mejor voy a intentar mover lo que está trabando la puerta!

—¡No te preocupes por eso, chico! —gritó el hombre, que sonaba enfadado e impaciente—. Dame la tableta y después podrás salir igual que has entrado.

Aladino era ingenuo pero no tonto, y todas las sospechas que había visto en los ojos de su madre, y que él se había esforzado por arrinconar en el fondo de su mente, afloraron de inmediato a la superficie. Comprendiendo que el "tío" ansiaba poner las manos encima de aquella anticuada tableta, la puso a buen recaudo dentro de su camiseta y decidió utilizarla como pasaporte.

—Queridísimo tío, este sitio me está dando repelús. Seguro que un hombre tan inteligente como tú puede pensar mil formas de ayudarme a salir para recuperar tu tableta.

Después de unos minutos de tira y afloja, el sujeto arrojó a un lado la máscara y mostró su verdadera personalidad:

—Estúpido chico, no puedo perder más tiempo contigo. Volveré a por mi tableta cuando las ratas hayan terminado de roer tus huesos —. Cerró la puerta de un golpe y dejó a Aladino temblando en la oscuridad.

—¿Qué voy a hacer ahora? —se estremeció el muchacho. Después de recorrer la nave, comprendió que no había ninguna otra salida y que lo de servir de alimento a las ratas no era una posibilidad tan remota.

"¡Tengo que salir de aquí!". A punto de entrar en pánico, comenzó a frotar distraídamente la bola del anillo que adornaba su pulgar. En ese momento...

¡Pufff!

Una figura luminosa, vestida con lo que parecía un traje de piloto de Fórmula 1, se materializó frente a Aladino.

—¿Dónde quiere ir mi amo?

—¡Agggg! —resopló Aladino sobresaltado, dando un salto hacia atrás para alejarse de la figura.

—No tienes nada que temer, amo. Soy el genio del anillo y domino el espacio cuántico. Mi misión es teletransportarte a cualquier lugar que desees.

—¡Pues quiero irme a casa! —exclamó Aladino, aún demasiado sorprendido y aterrado como para valorar las ilimitadas posibilidades del genio cuántico.

¡Puff!

Aladino se encontró de repente en el comedor de su pequeña casa, mientras su madre soltaba un chillido al verlo aparecer de la nada.

Aliviado y excitado a la vez, el joven explicó a su madre lo que había ocurrido con el falso tío.

—¡Ya decía yo que me daba mala espina! Debí haberme fiado de mi instinto... —se reprochó la buena mujer, pensando en el peligro que había corrido el muchacho.

—No te preocupes, madre, todo ha salido bien al final... ¡Parece que hemos encontrado un modo de transporte rápido y gratuito, ja ja! Y también tenemos una tableta digital... Es de la era de los dinosaurios, pero tal vez le interese a algún coleccionista caprichoso —. Sacó la tableta y se la mostró a su madre.

—Oh, qué sucia está. Si queremos venderla, habrá que limpiarla un poco antes —. Apenas había empezado a retirar la espesa capa de polvo con la punta de su delantal cuando...

¡Puff!

—¿Qué desea mi ama? —entonó otra figura luminosa, esta vez vestida con traje y corbata.

Madre e hijo se miraron, perplejos. Aladino, que ya tenía más experiencia en las relaciones con genios, fue el primero en recuperar el habla.

—¿Y tú quién eres?

—Soy el genio de la tableta, amo. Puedo proporcionarte cualquier bien material que desees.

—Sí, la verdad es que pareces un banquero —reflexionó el chico—. ¿Y de verdad puedo pedir cualquier cosa? ¿Un millón en el banco, por ejemplo?

—Si eso es lo que deseas...

—¡No, no, espera! De momento, sólo quiero saber cómo funciona esto...

—Muy sencillo, amo. Tú pides lo que quieres y yo te lo doy.

—Ya... Pero si de repente tengo un millón en el banco, ¿no lo echará alguien de menos en alguna parte?

—Tu honestidad y tu candidez te honran, joven amo, pero no tienes por qué preocuparte. Los bancos crean dinero nuevo mediante simples apuntes contables... ¿O es que piensas que el dinero físico significa algo a estas alturas? En el mundo de hoy, la mayor parte de lo que se presta y gasta es dinero que no existe. Un apunte aquí, un apunte allá, una tarjeta de crédito y... ¡*voilà*! El sistema financiero cuenta con un nuevo rico...

—¿Entonces eres como un *cracker* informático?

—Mis ámbitos de genialidad incluyen también la computación, sí —respondió sin ninguna modestia el banquero luminoso.

La vida se vuelve genial

Aladino miró a su madre, que contemplaba pensativa al genio.

—¿Qué opinas, madre? ¿Qué quieres pedir?

—Creo que tenemos que ser prudentes y pensar con cuidado lo que necesitamos de verdad, hijo mío... ¡No quiero que nos ocurra como a todos esos ganadores de lotería, que no saben cómo manejar tal fortuna y en pocos años terminan arruinados y deprimidos!

»Además, si nuestra posición mejora de repente, pronto nos veremos rodeados de nuevos amigos, tan falsos como ese simulador que se ha hecho pasar por tu tío. Y eso no es lo peor... ¡todos los bancos del país, que ahora no nos dejan ni pararnos delante de sus puertas, comenzarán a adularnos para vendernos sus servicios de gestión de patrimonios!

Aladino se dijo, admirado, que su madre era una caja de sorpresas y que sabía mucho más de lo que él pensaba.

—¡Es por la cantidad de tiempo que llevo limpiando oficinas bancarias, hijo mío! —suspiró la mujer, interpretando correctamente la expresión del muchacho.

Así que decidieron tomarse las cosas con calma y mostrarse cautos en sus peticiones al genio. Por supuesto, a partir de aquella noche su dieta mejoró de manera radical. ¡Puff! Sustituyeron sus paupérrimos y destrozados muebles por piezas nuevas, sencillas y confortables. ¡Puff! ¡Puff! Con especial empeño, evitaron cualquier exhibición de riqueza que pudiera alertar a sus vecinos.

—Recuérdalo, Aladino: comodidad, pero sin ostentación —repetía la madre.

Durante algún tiempo vivieron felices, disfrutando de una tranquilidad y una seguridad como jamás habían conocido. Hasta que un día, mientras paseaba por una de las zonas más elegantes y lujosas de la ciudad (en la que antes jamás se había atrevido a aventurarse), Aladino vio a la chica más preciosa del mundo.

Completamente embobado, la siguió durante su periplo de tienda en tienda, hasta que la joven y todos sus paquetes desaparecieron en el interior de una enorme limusina. Aladino frotó el anillo (¡puff!) y le pidió al genio cuántico que le llevara junto a ella.

¡Puff!

La chica soltó un gritito cuando Aladino se materializó a su lado. ¡Menos mal que la mampara de separación del conductor estaba cerrada! Con su mejor sonrisa y desplegando de forma instintiva sus dotes de seducción, Aladino decidió actuar como si aparecerse en el interior de un coche de lujo fuera lo más natural del mundo, y comenzó a alabar los bellos ojos de la dama. Entre risitas tontas y miradas de reojo por parte de ella, consiguieron hilvanar algo parecido a una conversación coherente. Aladino averiguó que la chica era la única hija del presidente del mayor banco del país. Fugazmente, se le ocurrió que tal vez sí tendría que pedirle al genio de la tableta que le inventara un par de millones... en el banco de su futuro suegro, por supuesto.

Esa noche llegó a su casa en una nube que no tenía nada que ver con las habilidades del genio transportador. Su madre le escuchó con atención y ternura, y al final meneó la cabeza.

—¿Estás seguro de que tiene que ser esa muchacha en particular?

—¡Sin duda, madre! ¡Quiero casarme con ella! Jamás habrá ninguna otra para mí...

La madre comprendió que no había argumentos posibles frente a la ceguera del amor juvenil.

—Muy bien, hijo mío. Esto cambia las cosas, desde luego... Tendremos que vivir de otro modo para que puedas acercarte a ella.

Así lo hicieron. El genio de la tableta tuvo que ponerse a trabajar a destajo: ropas de diseño, dos automóviles con sus respectivos conductores, una mansión en un recinto cerrado y exclusivo, inscripción en los clubs más selectos...

¡Puff! ¡Puff! ¡Puff!

¡Más puff!

Seis meses después, Aladino estaba casado con la preciosa hija del banquero. Aunque la quería con locura, estuvo de acuerdo con su madre en que sería mejor guardar por un tiempo el secreto de la tableta maravillosa. ¡Al menos, hasta que su relación estuviese un poco más consolidada!

El secuestro

Cuando todo parecía ir sobre ruedas, sobrevino el desastre. La joven encontró por casualidad la tableta mágica y se preguntó por qué su joven y encantador esposo tendría un juguete tan pasado de moda. ¡Con lo que les gusta a los hombres estar al día de los adelantos tecnológicos!

Decidió que le daría una maravillosa sorpresa: tiraría la vieja tableta y le compraría la ultimísima versión, que básicamente hacía lo mismo que todas las anteriores pero disponía de 365 fundas con diseños diferentes, una para cada día del año. ¡Las buenas empresas comprenden la importancia de personalizar la experiencia del consumidor!

Ni corta ni perezosa, llamó a una ONG que juntaba tabletas desechadas por sus dueños para "enviarlas al tercer mundo y promover la inclusión digital en los países menos favorecidos", según rezaba la presentación oficial.

El fundador de la asociación era un simpático ancianito que aparecía con frecuencia en los medios de comunicación, y que se declaraba tan comprometido con su labor que visitaba personalmente a los donantes para retirar las tabletas. Por supuesto, se trataba del falso tío que, tras descubrir la desaparición de Aladino y de su tesoro, había puesto en marcha ese proyecto con la esperanza de que la vieja tableta volviera a sus manos de un modo u otro.

Cabe imaginar la alegría del tipo cuando comprobó que su búsqueda había tenido éxito. Ante el desconcierto de la joven esposa de Aladino, se apresuró a frotar la tableta. ¡Puff!

—¿Qué desea mi amo? —preguntó el genio banquero. Conviene aclarar que los genios de las tabletas son chaqueteros por naturaleza: su lealtad se reduce a servir al que en cada momento tenga la sartén por el mango... o la tableta en las manos, que viene a ser lo mismo.

—¡De momento, quiero la escritura de esta propiedad! ¡Cambia de inmediato todas las cerraduras! ¡Me quedo con esta dulce señorita, ja ja ja!

Cuando Aladino regresó a lo que creía su hogar, se encontró con la desagradable sorpresa de que había dejado de ser suyo. Una cohorte de guardaespaldas protegía todas las entradas. Por supuesto, lo que más preocupaba a Aladino era el bienestar de su esposa, ya que no tenía ni la menor idea de su paradero.

Pasaron algunos días sin noticias y su suegro, desesperado, movilizó todos sus considerables recursos, que demostraron ser calderilla frente al poder ilimitado de la tableta maravillosa. ¿Estaría su princesita a salvo? ¿Quién sería el misterioso individuo que había blindado la casa de Aladino, y de quien nadie parecía saber nada?

Desesperado, Aladino recordó que aún tenía un genio a su disposición y frotó el anillo. ¡Puff!

—¿Cómo puedo recuperar mi casa y a mi esposa?

—Lo lamento, amo —respondió el genio—. Sólo puedo transportarte, pero no estoy habilitado para cumplir otro tipo de deseos.

—¡Es suficiente! Llévame junto a ella, esté donde esté...

¡Puff!

Aladino se encontró en el interior de su propia casa. Llorando a lágrima viva, su esposa se abrazó a él.

—¿Qué ha pasado? ¿Quién este hombrecillo tan desagradable? ¡Lo llamé para que se llevara una vieja tableta que encontré entre tus cosas...! Quería donarla porque pensaba comprarte otra mucho más moderna, ¿sabes? Pero el viejo frotó la tableta y salió un genio, y ya no me dejó salir... ¿Por qué no has venido antes?

Manteniendo el *statu quo*

Después de asegurarse de que el hombre no estaba cerca, tranquilizó a su esposa y le explicó con rapidez las mágicas propiedades de la tableta.

—Tenemos que recuperarla cuanto antes... Estoy seguro de que jamás se separa de ella. ¡Se me ha ocurrido un plan!

Aladino se escondió y su mujer se preparó para el regreso del malvado.

—¡Hola, preciosa! —saludó el molesto okupa, que se sentía invencible desde que había recuperado la tableta—. ¿Tienes ya preparada mi taza de chocolate?

Fingiendo resignación, la joven le sirvió el chocolate, que en esta ocasión llevaba un montón de somníferos como ingrediente adicional. ¡Las soluciones sencillas son con frecuencia las más eficaces! Poco después, el sujeto estaba fuera de combate. Aladino recuperó la tableta y se apresuró a llamar al genio.

¡Puff!

—¿Qué desea mi amo?

—Desearía que no fueras tan veleta, en primer lugar... Aunque imagino que es poco realista esperar tal cosa. Deseo recuperar la propiedad de mi casa, y que todas las cerraduras y accesos queden como estaban. En cuanto a llamar a la policía para que se haga cargo de este peligroso delincuente al que no has tenido ningún escrúpulo en servir... de eso me ocupo yo mismo.

Un poco afectado por los hirientes comentarios de Aladino, el genio se apresuró a revertir sus últimas acciones.

Pocos días después, las aguas habían vuelto a su cauce. La mujer de Aladino estuvo de acuerdo en ocultar a todo el mundo el secreto de la tableta mágica, porque su padre era bastante esnob y probablemente no le haría feliz saber que había emparentado con un chico de tan humildes orígenes.

Por su parte, el suegro de Aladino se aseguró personalmente de que el individuo que había osado secuestrar a su hijita quedara encerrado bajo siete llaves por el resto de sus días. Dispuesto a no dejar ningún cabo suelto, investigó a fondo su pasado.

—Se trata de un loco peligroso —explicó en una cena familiar—. Asegura que es un científico genial que ha logrado controlar la materia y la energía. Según él, llegó a construir dos prototipos funcionales, de cualidades cuasi mágicas: uno permite a su poseedor trasladarse de manera instantánea a cualquier lugar en el que ponga su pensamiento, mientras que el otro crea riquezas de la nada... ¡Como si fuera tan sencillo hacerse rico! El pobre diablo dice que las empresas de transporte y los bancos sabotearon sus esfuerzos y clausuraron el laboratorio secreto en el que trabajaba, para evitar que sus negocios se vieran afectados...

Aparentando estar muy concentrados en su pato a la naranja, Aladino, su madre y su mujer evitaron mirarse entre sí, mientras reflexionaban sobre la mejor forma de proteger los maravillosos prototipos.

9. MR. SCROOGE Y EL FANTASMA
DE LAS CRISIS FUTURAS

En su *Cuento de Navidad*, Dickens nos presenta al insufrible Ebenezer Scrooge. Misántropo y avaro, el repelente personaje es visitado en Nochebuena por los fantasmas de las Navidades pasadas, presentes y futuras. Con la lucidez que da la perspectiva, comprende que su antipática actitud sólo puede conducirle al desastre y, de la noche a la mañana (literalmente), se convierte en un dechado de virtudes humanas.

Mmmmm. ¿No resulta un poco sospechosa tan repentina transformación? Mucho nos tememos que una buena crisis económica podría provocar alguna que otra recaída en la nueva personalidad de Mr. Scrooge. ¿Serán necesarias más visitas fantasmales para hacerle retornar al buen camino?

Recortes por caridad

A medida que se aproximaba la Nochebuena, la desazón de Mr. Scrooge aumentaba sin cesar: "¡Esto es horroroso! ¿Dónde vamos a ir a parar? No voy a tener más remedio que realizar algunos penosos ajustes en mis negocios... ¡Debo sobrevivir! Después de todo, si mantengo mis márgenes habituales de ganancias podré seguir creando riqueza y, en cuanto las cosas mejoren, volveré a ser el tipo amable y generoso al que todos mis vecinos, clientes y empleados se han acostumbrado. En cambio, si la crisis me perjudica, ¡no seré de ayuda para nadie! Sí, está claro. ¡Tengo que recortar costes! Sin duda es muy triste y lamentable... ¡Ah! ¡Ojalá siguiera siendo el hombre que era antes, cuando no me conmovía ningún sufrimiento humano y no tenía escrúpulos en mandar a los pobres al asilo! ¡Esta cruel situación sería mucho más soportable si yo no fuera tan buena persona!".

Y de esta manera seguía discurriendo el buen Mr. Scrooge, felicitándose a sí mismo por haber recobrado la humanidad suficiente como para afligirse por las decisiones que debía tomar.

Puesto que se había vuelto tan bondadoso que no soportaba provocar ningún tipo de sufrimiento, en lugar de comunicar el despido personalmente a sus empleados implantó un sistema mucho más adecuado a su delicada sensibilidad. Al salir de la oficina los viernes por la tarde, los afectados recibían del vigilante de seguridad una carta con el siguiente texto:

Estimado Menganito:
Por razones totalmente ajenas a mi voluntad y deseos, tu colaboración no será necesaria a partir del próximo lunes. Podrás retirar en recepción tus efectos personales, de lunes a viernes, de 16:00 a 18:00. Gracias por tus leales servicios durante los pasados 25 años. Con inconmensurable afecto, Ebenezer Scrooge.

En poco tiempo, el antaño floreciente negocio de Mr. Scrooge comenzó a parecer una oficina fantasma: las telarañas decoraban los equipos informáticos y los empleados que aún no habían sucumbido al "ritual de los viernes" estaban cada vez más callados y ojerosos.

Decidido a mostrar la solidaridad y la empatía que inundaban su corazón, Mr. Scrooge adquirió la costumbre de recorrer las instalaciones dando palmaditas en la espalda a los exhaustos trabajadores, mientras murmuraba:

—¡Malos tiempos estos para las personas de orden! Doy gracias al Cielo por contar con unos colaboradores tan leales como vosotros, que comprendéis la necesidad de hacer algunos pequeños sacrificios y trabajar el doble para mantener esta nave a flote. Por desgracia, puede que ni siquiera eso resulte suficiente... ¡Esta crisis no perdona!

Y seguía su camino con expresión compungida, dejando tras de sí una gama de sentimientos que oscilaban entre el desconcierto y el odio visceral. Al parecer, los (cada vez más escasos) miembros del personal estaban tan inmersos en sus preocupaciones particulares que no comprendían el dilema y el sufrimiento del excelente Mr. Scrooge.

De vez en cuando, al gran hombre se le pasaba fugazmente por la cabeza la sospecha de que sus empleados no apreciaban sus esfuerzos con la debida justicia, pero se consolaba pensando que, al fin y al cabo, no se podía esperar que tuvieran la visión panorámica y de largo plazo que él debía sostener por el bien de todos. "¡La soledad es el precio de estar en la cumbre!", se decía Mr. Scrooge.

¿Qué he hecho yo para merecer esto?

El día de Nochebuena, Mr. Scrooge se sintió magnánimo y permitió a los trabajadores abandonar la oficina a las 18:30, no sin antes aclararles que el convenio estipulaba la permanencia hasta las 19:00 y que debían considerar tan excepcional medida como un privilegio gracioso.

Con el ánimo exultante por su generosa ocurrencia, Mr. Scrooge se encaminó hacia el hogar de su sobrino para disfrutar de la cena en familia. Faltaban pocos metros para llegar a su destino cuando vislumbró una extraña luz proveniente de un solar abandonado. Una incómoda sensación de *déjà vu* le recorrió la espina dorsal... ¡Cómo se parecía ese resplandor al que, muchos años atrás, había acompañado la visita de los tres espectros navideños! Sin embargo, estaba seguro de que esta vez existiría una explicación más terrenal, porque con su ejemplar comportamiento no había dado motivos para una segunda reprimenda del inframundo.

¡Craso error! Antes de que hubiera terminado de formular tal pensamiento, se encontró frente a frente con un fantasma de manual. No le faltaba detalle: aspecto de estar bastante podrido, ropa hecha jirones, cadenas oxidadas...

—¿Pero qué he hecho ahora? —se lamentó Mr. Scrooge—. Mi comportamiento ha sido modélico durante los últimos años. ¡Soy un hombre de bien, que lucha por hacer frente a las circunstancias adversas de la mejor forma posible! Es cierto que últimamente me conduzco con más cautela a la hora de gastar, ¡pero es que sería suicida no hacerlo, con este panorama! ¿No es mejor que la riqueza disponible la gestione alguien comprometido, sensible y culto como yo?

El espectro se mostró impertérrito ante la diatriba (claro que no es fácil resultar expresivo cuando uno está compuesto por restos orgánicos putrefactos) y dejó oír su voz de ultratumba:

—¡Ebenezer Scrooge! Soy el fantasma de las crisis futuras. Se me ha enviado para mostrarte el mañana que estás creando con tus acciones presentes. Recuerda que soy un mero acompañante, tú eres el verdadero hacedor de las visiones que vas a contemplar.

Sin más preámbulo, Mr. Scrooge y su deteriorado guía se encontraron ante las ruinas humeantes de lo que parecía haber sido un gran edificio, mientras una multitud se agolpaba para ver los últimos estertores de...

—¡Mi empresa! —sollozó Mr. Scrooge—. ¿Un incendio? ¿Cómo es posible? ¿Por qué a mí?

En ese momento comenzó a percibir con claridad las conversaciones que se desarrollaban en el grupo de curiosos.

—¡Tenía que suceder algo así! No se gastaba nada en mantenimiento...

—Por suerte ya había despedido a todos los trabajadores, estaba él solo en el edificio cuando empezaron las llamas.

—¿Ni siquiera tenía vigilante de seguridad?

—¿Para qué? ¡Si no quedaba nada que vigilar! Parece que tuvo la desfachatez de entregarle al vigilante el sobre con su propio despido, con la advertencia de que no debía abrirlo hasta el viernes por la tarde... ¡Como si el hombre no supiera ya lo que había dentro, después de haber entregado cientos!

—Dicen que Scrooge enloqueció con la crisis...

—¡Quia! Nunca estuvo cuerdo... Parecía cambiado mientras las cosas iban bien para todos, pero cuando llegó el momento de demostrar de qué pasta estaba hecho, su verdadera naturaleza volvió a resurgir.

—Pues su principal competidor ha hecho mucho dinero, a pesar de los problemas económicos...

—¡Claro! Sólo ha tenido que hacer lo contrario que Mr. Scrooge: cuidar a quienes realizan el trabajo y preocuparse por dar un buen servicio.

—¡Basta! —sollozó Scrooge—. ¡No quiero ver más! ¿Qué tengo que hacer para que no ocurra eso? ¿Cómo es posible superar la crisis sin algún que otro ajuste?

El fantasma emitió algo parecido a un suspiro:

—Ay, Ebenezer, Ebenezer, qué bruto eres... ¿Es que crees que la crisis es un ente autónomo con vida propia? ¡TÚ ERES LA CRISIS! La alimentas siempre que te preocupas más por los números que por las personas, por ganar más y no por hacer las cosas mejor. Son tus decisiones las que hacen que las cosas sean cada vez más difíciles para todos. Tú eres yo, Ebenezer. O, para que lo entiendas mejor, yo soy lo que va a quedar de ti después de ese incendio. Ebenezer Scrooge, ¡tú eres el fantasma de las crisis futuras!

En medio del terror que lo embargaba, Mr. Scrooge tuvo la lucidez suficiente para comprender que sus recientes decisiones no estaban basadas en la "visión a largo plazo" de la que tanto se preciaba sino, muy al contrario, en una equivocada reacción de su antigua y avarienta personalidad a los desafíos del corto plazo.

Como en los cuentos y en la vida todo es posible, Mr. Scrooge cambió de manera radical por segunda vez y se convirtió en un ejemplar empresario anticrisis.

10. LA ALCANCÍA NUEVA DEL GOBERNADOR

En su maravilloso relato *El traje nuevo del emperador*, Hans Christian Andersen muestra las estupideces que podemos llegar a cometer los humanos para mantener la autoimagen y el sentido de la propia importancia.

Empeñado en aparentar que veía la tela del traje que aseguraban haberle confeccionado dos hábiles estafadores, el emperador del cuento acaba desfilando desnudo por toda la ciudad.

"Esta tela es tan mágica que sólo pueden verla las personas honestas e inteligentes", habían explicado los presuntos tejedores. Así que el rey, sus consejeros y todos los ciudadanos continuaron elogiando aquellos costosos ropajes... hasta que un niño dejó oír la voz de la inocencia: "¡Pero si el emperador no lleva nada!".

Aprovechamos esta historia para entender los acontecimientos económicos que se han producido en los últimos años.

En una dimensión paralela...

Érase una vez un país tan, tan, tan lejano, que incluso estaba en otra galaxia. Es importante recordar que estaba lejísimos, para que nadie piense que lo que aquí se relata puede llegar a suceder alguna vez en nuestro planeta. ¡Jamás! ¡Tal cosa sería una imposibilidad completamente imposible!

Pues bien, en aquel remoto lugar había un gobernador a quien le encantaba mandar. Además, lo hacía estupendamente... o eso pensaba él. Como los consejeros y chambelanes que le rodeaban se beneficiaban muchísimo de su privilegiada posición, no tenían ningún pudor en aplaudir todas sus ocurrencias, por muy absurdas que fueran. Como es lógico, el ego del gobernador estaba tan sobrealimentado que adquirió entidad propia, hasta el punto de que tuvieron que construirle unos aposentos para él solito.

Un día llegaron al país unos individuos elegantemente vestidos, que pidieron una audiencia con el "superdotado gobernador de este ilustre país". Parecían tan seguros de sí mismos y hablaban con tanto aplomo que nadie se atrevió a cuestionar sus propósitos, y fueron conducidos de inmediato ante el poderoso líder.

—Admirado prócer —comenzaron con gran pompa—, somos unos sabios expertos en multiplicar la riqueza de los países, mediante complejos procedimientos alquímicos cuya comprensión sólo está al alcance de unos cuantos elegidos.

»Poned en nuestras manos todos los recursos de que disponéis y, en unos meses, las riquezas obtenidas serán tan incalculables que todos vuestros súbditos comerán con cubiertos de oro y brillantes y pasarán las vacaciones en esplendorosas villas junto al mar. Para que podáis comprobar en todo momento el progreso de nuestro trabajo, construiremos en la Plaza Mayor una enorme alcancía transparente en la que se irán acumulando el dinero, el oro y las piedras preciosas.

—¡Cielos! —exclamó el gobernador—. ¿Puede ser cierto lo que decís? ¡Por supuesto, contad con nuestra cooperación! Decidme, ¿qué podemos hacer para que estéis cómodos mientras ejecutáis vuestro magno proyecto?

Unos pocos privilegios de nada

—¡Oh, poca cosa! Después de todo, somos eruditos y tenemos gustos sencillos. Bastará con que nos proveáis de una mansión apartada con algunos espacios de ocio y recreo (¡la alquimia financiera que practicamos es una disciplina estresante y agotadora!). No pagaremos tributo alguno mientras vivamos aquí, ya que los servicios que os vamos a prestar son imposibles de valorar. La mansión contará también con una caja fuerte en la que depositaréis todos los recursos del país, pues son la materia prima de nuestra labor multiplicadora. Por supuesto, sois libres de visitarnos en cualquier momento y con gusto os daremos todo tipo de explicaciones sobre el progreso de la tarea, aunque tenemos que hacer una advertencia: ¡No todo el mundo puede comprender los pormenores de lo que hacemos! Sólo las mentes más capaces y los espíritus más inquebrantablemente honrados podrán visualizar las riquezas que irán amontonándose en la alcancía.

Deslumbrado, el gobernador aceptó sin vacilar todas las exigencias de los sabios. Por supuesto, sus súbditos no necesitaban cubiertos de oro (todo el mundo sabe que la gente humilde se arregla con cualquier cosa), pero a su ego y a él le vendrían muy bien unos cuantos palacios más y muchos bienes de importación que proclamaran su elevado rango.

Al día siguiente, frente a la fachada principal del palacio del gobernador comenzó a construirse una gigantesca alcancía transparente. En un primer momento hubo algunas discusiones sobre la forma ideal: ¿El tradicional cerdito? ¿Un simple cubo, para que pudiera contener una mayor cantidad de riquezas? Como los consejeros no se ponían de acuerdo, acabó por imponerse (como siempre) el voto de calidad del gobernador: "¡Tendrá la misma forma que mi palacio!". Y así se hizo.

En pocos días, en la antaño amplia explanada se levantó una inmensa estructura de cristal que replicaba el ostentoso palacio del gobernador. La plaza quedó completamente inservible para el uso público, pero nadie osó protestar. Al fin y al cabo, ¡todos se iban a beneficiar de las asombrosas riquezas que iban a crear los sabios!

Pasaron algunas semanas y la alcancía de cristal seguía tan imponente como el primer día... y exactamente igual de vacía. Un poco preocupado, el gobernador llamó a su hombre de confianza y le pidió que preguntara a los sabios cuándo empezarían a aparecer las riquezas. El consejero se presentó en la mansión y los encontró tomando el sol junto a la preciosa piscina que se había construido para su solaz.

—¡Bienvenido, querido amigo! ¡Qué fortuna que nos encuentres en uno de nuestros escasos momentos de esparcimiento! ¿Qué podemos hacer por ti?

—Pues... —vaciló el hombre— el gobernador siente un gran interés por el progreso de vuestro trabajo.

—Ah, bendita impaciencia —rieron los sabios—. ¿Acaso cree nuestro ilustre anfitrión que la alquimia funciona según un estricto cronograma de actividades?

»Bueno, bromas aparte, su inquietud es lógica y previsible. Por ese motivo hemos preparado la documentación que explica las fases iniciales del proceso. Puedes consultarla tú mismo: como hombre de confianza del Excelentísimo y Honorable Gobernador, sin duda posees la mente brillante y despierta que se requiere para entenderla.

El extracto simplificado

Dicho y hecho, le pusieron en las manos un tomazo de quinientas páginas, plagado de fórmulas matemáticas, gráficos llenos de flechitas y palabras y abreviaturas incomprensibles. Mientras pasaba lentamente algunas hojas, el pobre consejero sentía sobre sí la mirada fija de los sabios. "¡Debo de ser un imbécil!", concluyó, desesperado. "¡No comprendo absolutamente nada! ¿Estará en mi idioma? ¡Esto no tiene ni pies ni cabeza!"

En ese momento, uno de los sabios intervino:

—Te hemos entregado un extracto simplificado del documento original, pues comprendemos que los gobernantes sois personas ocupadas y vuestro tiempo es muy valioso.

Al oír esto, el hombre estuvo a punto de echarse a llorar, pero recobró con rapidez la compostura (después de todo, era un político) y asintió muy serio:

—Es de agradecer vuestro esfuerzo divulgativo, aunque no hubiera sido necesario. Con un simple vistazo he captado lo esencial del sistema y debo felicitaros por vuestra genialidad.

—En tal caso —apuntó otro sabio—, también habrás visto los montones de oro y plata que ya aparecieron en la alcancía.

En esta ocasión, el consejero tuvo que recurrir a toda su experiencia en las mesas de póquer para no revelar su sobresalto.

—¡Ah! ¡Oh! Sí... sí, por supuesto... Notable, sí, muy notable que hayáis empezado a conseguir resultados con tanta rapidez. Os agradezco mucho vuestra diligencia: ahora mismo voy a informar de todo al gobernador.

Y salió disparado de allí, intentando convencerse a sí mismo de que los ruidos sofocados que oía a sus espaldas no eran las risas de los sabios.

Por supuesto, en cuanto llegó a palacio entregó al gobernador la información "divulgativa", y le animó a asomarse al balcón para contemplar por sí mismo las riquezas que habían comenzado a amontonarse en la alcancía.

El gobernador, que siguió la misma línea de pensamiento que su leal consejero, se mostró entusiasmado ante los primeros resultados visibles del proyecto. Todos los habitantes de palacio fueron invitados a leer el documento y contemplar la alcancía de cristal.

La conclusión fue unánime: ¡Qué gran sagacidad la del gobernador, al confiar el futuro económico del país a tan excepcionales personajes!

Enardecido por los elogios, el gobernador otorgó a los sabios el rango de "Caballeros Banqueros del País" y, acto seguido, ordenó una recaudación extraordinaria de impuestos entre la población: cuantos más recursos se destinaran al misterioso procedimiento multiplicador, más espectaculares serían las ganancias obtenidas.

¡Ooooh, maravilla!

La situación se prolongó durante varios meses más. Diferentes consejeros fueron enviados a la mansión de los sabios, y todos recibieron el mismo tratamiento. Después de cada visita, el gobernador celebraba con grandes aspavientos la buena marcha de los trabajos y señalaba a los demás el imparable aumento de las riquezas que se acumulaban en la alcancía.

"¡Ya ha superado el primer piso! ¿Os habéis fijado? ¡Está a punto de alcanzar la altura del balcón principal! ¡Increíble! ¡Ya casi ha llegado al piso superior!". Huelga decir que todos los consejeros y chambelanes aplaudían con idéntico fervor.

Incluso los ciudadanos, que habían sido informados de la mágica cualidad de la alcancía, deseaban demostrar su inteligencia y honradez y se mostraban maravillados por la inaudita prosperidad que tenían al alcance de la mano.

Como cada habitante del lugar pensaba que era el único que no veía nada, todos se comportaban como si las riquezas existieran de verdad, y se inició un curioso fenómeno de compras a crédito: el consumo se disparó sin que nadie se planteara la posibilidad de que en el futuro no hubiera riquezas suficientes para pagarlo. Al fin y al cabo, ¡el país entero estaba viendo aumentar el contenido de la alcancía!

Por fin, un buen día los "Caballeros Banqueros del País" se presentaron de nuevo ante el gobernador.

—¡Hemos concluido nuestra tarea! Otros países de la galaxia reclaman nuestras habilidades y nos vemos obligados a partir, pero como podéis apreciar hemos cumplido lo que os prometimos. ¡La alcancía está tan repleta que apenas cabe un lingote más! Tenemos que felicitaros por el gran número de súbditos cabales e inteligentes que habitan este bello país: hemos notado que la gran mayoría, por no decir todos, son capaces de contemplar las riquezas que hemos generado.

Y los sabios abandonaron el lugar con suma dignidad, mientras los consejeros encargados del presupuesto nacional se preguntaban, agobiados, cómo iban a distribuir unos recursos que ni siquiera podían ver. El gobernador, que por supuesto tenía que parecer más honrado y listo que nadie, decretó dos días de fiesta y organizó una gran celebración colectiva para que todos pudieran presenciar "la apertura de la alcancía", tras la que se iniciaría una etapa de bienestar y prosperidad como no se había conocido jamás.

Llegado el gran día, los ciudadanos madrugaron para asegurarse un lugar en los escasos espacios libres de la Plaza Mayor. Apiñados cual viajeros del metro de Tokio en hora punta, pegaban las narices contra el cristal de la alcancía y exclamaban: "¡Fíjate en ese brillante! ¿Aquellas piedras son rubíes? ¡Jamás imaginé que el oro pudiera brillar tanto!". Y así sucesivamente...

Por fin, el gobernador apareció y cruzó con gran solemnidad la pasarela que se había construido entre el balcón principal del palacio y la alcancía de cristal. Un paso detrás de él, su primer consejero acarreaba un pequeño cofre, en el que se depositarían de manera simbólica los primeros tesoros extraídos.

El gobernador abrió una de las ventanas del palacio-alcancía, introdujo las dos manos y, aparentando gran satisfacción, depositó el "contenido" en el interior del cofre, entre vítores y aplausos.

En ese momento, unos despistados turistas procedentes de otro planeta, que se habían visto atrapados entre la multitud y que nada sabían de magia ni de alquimistas financieros, preguntaron con interés a los lugareños que los rodeaban:

—¿Qué se celebra hoy aquí? ¿Se está recreando algún hecho victorioso del pasado? ¿Qué significa este palacio de cristal vacío?

Todos los que alcanzaron a oír tales palabras quedaron paralizados, al sentir en la palabra "vacío" el eco de sus propios pensamientos:

—¿Es que no veis lo que hay dentro?

—No hay nada, claro —respondieron sorprendidos los turistas. El comentario se difundió con rapidez por la plaza: "Dicen que la alcancía de cristal está vacía", se susurraban unos a otros.

Todos volvieron a sus casas cabizbajos... y bastante preocupados. Durante los años siguientes, la pobreza y la mediocridad se adueñaron del país. En sus discursos anuales, el gobernador repetía:

—Siguiendo las indicaciones que nos dejaron los sabios, estamos esperando a que se recuperen los mercados interplanetarios de oro y piedras preciosas para poder vender con beneficios todos nuestros tesoros. Hasta entonces, esperamos que nuestros queridos súbditos perseveren en los necesarios sacrificios que exige esta situación transitoria, la cual mejorará con la próxima subida de impuestos...

Ahora ya sabemos dónde fueron a parar todos los banqueros que tuvieron que dejar sus cargos, después de arruinar unas cuantas economías en nuestra humilde y maltratada Tierra. Suerte que aquí no hay gobernadores y consejeros como los del relato... ¿o sí?

11. LA CONTRASEÑA ENCRIPTADA DE BARBAZUL

Durante muchos años, el *Barbazul* de Perrault dejó de imprimirse porque se consideraba excesivamente brutal para las tiernas mentes de los pequeñuelos. Después de todo, ¿a quién se le ocurriría tratar de dormir al nene con la historia de un bárbaro cuyo pasatiempo es asesinar esposas y coleccionar sus cadáveres?

Aunque sospechamos que la mayoría de los lectores son creciditos y ya están curados de espanto, nos sentimos obligados a avisar: ¡Es posible que la presente adaptación pueda herir la sensibilidad ética de algunos! Al menos, los delitos financieros no dejan rastros de sangre coagulada... casi nunca.

Un marido ideal

Había una vez un misterioso, rico y poderoso individuo llamado Mr. Barbablue. Los hombres envidiaban su pasmosa facilidad para hacer dinero y para casarse con las mujeres más bellas del mundo, mientras las mujeres... envidiaban a todas las que conseguían captar su atención. La escasa duración media de sus matrimonios y el cuestionable atractivo físico del caballero no parecían desanimar a las numerosas candidatas, sobre todo porque la leyenda urbana aseguraba que los divorcios resultaban tan lucrativos que permitían a las damas llevar una vida principesca para el resto de sus días, con la única condición de hacerlo en algún paraíso remoto donde él no tuviera que volver a verlas. Como la perspectiva de una vida retirada en las Seychelles no resulta molesta para casi nadie, el individuo seguía recorriendo el mundo mientras atendía sus negocios y coleccionaba futuras exesposas.

Mr. Barbablue iba ya por el séptimo divorcio cuando conoció a una joven que cumplía con los elevados estándares de apariencia física requeridos para figurar a su lado en fotografías y actos sociales.

La muchacha se resistió un poco al principio, porque el hombre tenía ya cierta edad y le resultaba francamente repulsivo, pero todos sus parientes estuvieron de acuerdo en que se trataba de una oportunidad única en la vida.

—¿Qué importa que no sea un Adonis? ¡Unos mesecitos casada y una vida entera de libertad y seguridad económica! ¡Sin duda es un buen trato!

Así que la joven apartó a un lado sus vacilaciones y se dispuso a afrontar la situación con la profesionalidad que exigían las circunstancias: "Posaré, sonreiré y cuando Barbablue se canse de mí podré hacer lo que quiera con mi vida".

Y así se convirtió en la octava esposa de Barbablue. Su flamante marido le explicó las reglas del juego:

—No soy dado a tonterías románticas, pero verás que soy un hombre muy generoso. Mientras estemos casados, todo mi patrimonio estará a tu disposición. No sólo podrás hacer uso ilimitado de las tarjetas de crédito, sino que tendrás firma autorizada en mis cuentas y contarás con todas las contraseñas y claves bancarias necesarias para acceder a los fondos que tengo en diferentes entidades.

Mientras decía esto, le entregó un CD que contenía todas las explicaciones y datos. La joven no podía creer en su buena suerte. Incluso empezó a notar que su esposo tenía un porte bastante elegante.

Mr. Barbablue carraspeó y continuó:

—Sólo hay una excepción. Verás que hay una contraseña encriptada. Corresponde a un documento en el que nunca, jamás, bajo ninguna circunstancia, deberás entrar. Me enteraré si lo haces... ¡y puedo asegurarte que no te gustarán las consecuencias!

La joven señora de Barbablue quedó bastante impresionada por la amenaza explícita y el tono severo del hombre. Le aseguró con el mayor énfasis que jamás traicionaría su confianza y que no tenía intención de violar sus secretos. Por supuesto, en ese momento era completamente sincera: ¡Sólo una estúpida arriesgaría la privilegiada posición que había obtenido con su matrimonio!

Durante dos años, la joven estuvo muy ocupada disfrutando la sensación de no tener que preocuparse por el dinero. No se privaba de ningún capricho y compartía su buena fortuna con familiares y amigos.

Mr. Barbablue resultó un marido considerado y discreto que apenas le imponía su presencia. Además, ella se sentía importante y valorada cada vez que tenía que firmar un documento: como tenía pleno acceso al inmenso patrimonio de Barbablue, su consentimiento también era necesario para formalizar algunas operaciones. En conjunto, la cándida jovencita se sentía más que satisfecha con su nueva vida, y no podía entender por qué habían fracasado los anteriores matrimonios de Barbablue: ¡si era facilísimo estar casada con él!

La tentación de lo prohibido

Un día, mientras exploraba algunas de las cuentas que todavía no había utilizado, tropezó con la misteriosa contraseña encriptada. Por supuesto, no pensaba cometer la estupidez de intentar entrar en el documento prohibido, aunque... ¿qué podría ser tan serio como para merecer tales precauciones?

Una vez despierta, la curiosidad se negó a volverse a dormir, y la joven esposa comenzó a fantasear con la posibilidad de averiguar el secreto sin ser descubierta. "¿Qué mal puede haber en echar una miradita? Por supuesto, jamás le contaré a nadie lo que encuentre... ¿Cómo podría traicionar a un marido tan complaciente como el mío?".

Puesto que sus conocimientos de informática no sobrepasaban el nivel de usuaria de las webs de compras *online*, decidió reclutar a su hermana Ana, una friki de manual que podía pasar el día entero delante del ordenador sin darse cuenta de que no había comido.

Como esperaba, para su hermana fue un juego de niños desencriptar la contraseña y... pronto se dieron cuenta de que hubiera sido mejor seguir en la ignorancia. En aquel documento se indicaban, con todo lujo de detalles, los sobornos, chantajes y chanchullos varios en que se asentaba la fortuna del respetadísimo

Mr. Barbablue. Muy asustada, la joven esposa se volvió a su hermana:

—Ana, Ana, ¿crees que se dará cuenta de que hemos entrado en el documento?

—Mucho me temo que sí... Tomé precauciones, pero esto está diseñado por un *hacker* de primera línea. A estas alturas, tu marido ya sabe que conoces sus secretos. No puedes quedarte aquí, sin duda tratará de silenciarte de alguna manera.

Aún no había terminado de hablar cuando sonaron unos fuertes golpes en la puerta de entrada:

—¡Policía! ¡Abran de inmediato! Buscamos a la señora de Barbablue.

Los días siguientes fueron una increíble pesadilla. La joven salió esposada de la casa que había considerado su hogar, acusada de estafa, extorsión, falsedad en documento público, evasión fiscal y una larga lista de delitos.

—¡Pero si yo no he hecho nada! ¡Acabo de enterarme de las actividades de mi esposo!

El abogado contratado por sus padres se mostró muy pesimista sobre las posibilidades de evitar una larga, larguísima condena:

—Lo siento, pero está comprobado que accediste al documento desde tu domicilio, mientras tu marido estaba de viaje. La denuncia partió de una fuente anónima. Barbablue alega que no tenía ni la menor idea de la existencia del documento, mientras que tú fuiste quien utilizó la contraseña encriptada. Además, tu firma está en todos y cada uno de los papeles en los que se autorizan los pagos fraudulentos. No sé si eres una estafadora compulsiva o una completa imbécil, pero la verdad es que lo tienes muy complicado. Lo único bueno es que tu marido ha pagado mucho dinero para que la prensa no se haga eco del asunto; dice que sus negocios se verían perjudicados por la falta de criterio que ha demostrado eligiendo esposa. Por lo menos, ¡tus allegados no sufrirán la vergüenza de ver sus fotografías en los medios!

Desesperada, la joven pidió a Ana que avisara a sus otros dos hermanos, que trabajaban como economistas y abogados corporativos en Wall Street. Mientras ella se consumía en la cárcel a la espera del juicio, los tres unieron sus habilidades para encontrar pruebas de la iniquidad de su cuñado.

Por desgracia, los libros de contabilidad parecían estar en orden, y Barbablue había cubierto su rastro de modo que todas las pruebas apuntaban a su esposa.

Aquello tenía pinta de ser un callejón sin salida, hasta que Ana planteó que tal vez deberían buscar en otra dirección:

—¿Qué habrá sido de las anteriores esposas de Barbablue? Siempre se ha supuesto que estaban viviendo la vida loca en algún paraíso remoto pero, ¿y si no es así? ¿Y si les ha ocurrido lo mismo que a nuestra hermana?

Salvada por la campana

Con la mayor discreción posible, los tres hermanos comenzaron a explorar tan asombrosa posibilidad. Encontraron a las familias de las anteriores esposas y la teoría de Ana se vio confirmada: efectivamente, las pobres mujeres tenían sus gastos cubiertos, pero no por la generosidad post-matrimonial de Barbablue, sino por los sistemas penitenciarios de varios países distintos. Todas se habían mantenido calladas porque cada una pensaba que era la única que se encontraba en tal situación, y porque les parecía imposible luchar contra el poder, el dinero y los poderosos contactos de Barbablue.

Los cuñados de Barbablue, conscientes de que se enfrentaban a un personaje sin escrúpulos, montaron con gran cuidado su estrategia y, en el momento oportuno, desplegaron la artillería pesada: los principales medios de comunicación del mundo revelaron el verdadero destino de las siete mujeres de Barbablue.

A partir de ese momento, todo se precipitó. Dada la obvia improbabilidad estadística de que un mismo hombre se casara con ocho genios femeninos de la delincuencia financiera, se vio abandonado por sus cómplices y protectores y su malvado juego salió finalmente a la luz.

Tras un juicio retransmitido en directo por la televisión, Mr. Barbablue fue condenado a 200 años de prisión.

Dos años después fue liberado por buena conducta.

12. PEDRO EL ANALISTA Y SU LOBO IMAGINARIO

Hay muchos tipos de mentiras: las piadosas, las mentirijillas sociales que facilitan la convivencia, las mentiras en beneficio propio... Y también están las bromas y exageraciones que se usan para darle más emoción a la vida. ¡Sin malicia, por supuesto!

En el clásico infantil *Pedro y el lobo*, el susodicho Pedro es un pastorcito sin vocación que se aburre soberanamente vigilando ovejas. La verdad es que no cuesta mucho empatizar con el pobre chico: las ovejas no son precisamente los animales más entretenidos de la creación. ¡Por algo contarlas se considera el remedio universal contra el insomnio!

El caso es que Pedrito, con demasiado tiempo libre y sin la inteligencia suficiente como para buscarse estímulos más constructivos, decide pasar el rato gastando a sus vecinos una broma de dudoso gusto. "¡Que viene el lobo! ¡Que viene el lobo!". Como en todas las comunidades ganaderas el lobo es por definición La Gran Amenaza, todos echan a correr para espantar al peligroso intruso. Sin embargo, al llegar descubren que no hay lobo y que todo fue una broma de Pedrito, que se retuerce muerto de la risa al ver las caras de susto y preocupación de sus conciudadanos.

Según el relato, el cretino de Pedrito repite la broma con éxito un par de veces más, lo que demuestra dos cosas: que no andaba muy sobrado de imaginación y que sabía perfectamente cuál era el punto débil de sus vecinos.

Pero como un cuento sin moraleja edificante es como una tortilla sin huevos, al final el pastor ve cómo un lobo de verdad devora a todas las ovejas, mientras la gente del pueblo elige ese preciso momento para empezar a ignorar sus angustiosas llamadas de socorro.

¿Quedan claras las consecuencias de perder la credibilidad? El lobo se come a tus ovejas. En un mundo digital como el nuestro, en el que es posible morir por sobredosis de información pero no abundan las ofertas laborales para pastores, ¿a qué podría dedicarse un bromista impenitente como Pedrito?

A hacer recomendaciones para inversores, por supuesto.

Bla-bla-bla y bla-bla-bla, *of course*

Érase una vez un joven llamado Pedro que, poco después de terminar sus estudios de Economía en la universidad, consiguió trabajo como analista en una prestigiosa empresa dedicada a la intermediación bursátil.

Decidido a demostrar su excelente formación, pasaba horas interpretando documentos contables de empresas, informes sectoriales y todo tipo de reportes densos y complejos. El resultado de su esfuerzo se plasmaba en breves consejos para que los clientes compraran las acciones de la empresa Fulanita o vendieran las de Menganita.

Aunque solía terminar la jornada con la cabeza como un tambor, durante algunos meses nuestro héroe se sintió feliz. ¡Qué satisfactorio era orientar al público a través del proceloso mundo de los mercados de capitales! ¡Qué labor tan necesaria e importante!

Sin embargo, pronto empezaron a aparecer algunas grietas en el esplendoroso *glamour* de su fachada profesional. El mundo estaba lleno de ignorantes desconfiados que recibían sus recomendaciones con desdén y pitorreo:

—Si eres tan listo que predices el futuro, ¿por qué no sigues tus propios consejos y te haces rico como Warren Buffett?

—¡No tengo ninguna bola de cristal! —protestaba él—. Pero lo que hago no está al alcance de cualquiera: analizo la situación de las empresas y sus perspectivas en relación con el entorno económico. Soy capaz de identificar la información más relevante, relacionarla para realizar un pronóstico sobre lo que cabe esperar en el futuro y recomendar el mejor curso de acción... ¡Siempre que no se produzcan sucesos imprevistos, claro!

Pese a la pasión con que Pedrito formulaba su ensayado discurso, en este punto su interlocutor normalmente ya estaba bostezando o se había puesto a hojear la prensa deportiva.

Además, como los sucesos imprevistos eran la norma más que la excepción, gran parte del trabajo de Pedro consistía en revisar y modificar sus recomendaciones previas, "a la luz de las últimas noticias".

Descalabro y reinvención

El punto de inflexión llegó cuando uno de sus primos le retiró la palabra, después de que se desplomaran las acciones de una empresa que él había recomendado con especial convicción.

—¿Así que estaba muy infravalorada en relación a su auténtico potencial? ¡Empezó a caer en picado a los cinco días de que publicaras tu análisis! —le gritó su primo como amarga despedida.

—¡No fue culpa mía! —trató de defenderse Pedrito—. ¿Quién podía imaginar que el CEO iba a entrar en coma mientras se realizaba una sencilla operación de estiramiento facial? ¿Y que eso iba a pesar más en el mercado que el excelente equipo ejecutivo que en realidad dirige la empresa?

En este punto, el joven analista ya tenía claro que, aunque la teoría de la racionalidad de los agentes económicos queda sumamente elegante en los libros de texto, el inversor racional es un ser tan mitológico como el Yeti, y bastante más difícil de encontrar en el mundo real.

Perdida por completo la fe en su trabajo, Pedrito comenzó a lamentar el tiempo que dedicaba a sus sesudos análisis. Un buen día recordó el famoso experimento realizado por el *Wall Street Journal*, en el que un mono elegía una cartera de valores por el científico procedimiento de lanzar dardos a ciegas sobre la página de las cotizaciones. Para mofa, befa, burla y escarnio de los más reputados analistas profesionales, en un año la cartera del dichoso mono superó en rentabilidad al 85% de los fondos referenciados al mercado estadounidense.

Con esta anécdota dándole vueltas en la cabeza, Pedro el analista tuvo su momento de iluminación. Comenzó a reírse a carcajadas. "¡Por supuesto! Ya sé lo que voy a hacer. Se acabó lo de estar horas y horas revisando aburridísimos informes, balances y cuentas de resultados. ¡Después de todo, nadie aprecia el esfuerzo! ¡A partir de ahora, voy a pasármelo bien!".

Dicho y hecho, abandonó su puesto en la prestigiosa empresa para la que trabajaba y comenzó a escribir un blog en el que prometía sin pudor "los análisis más certeros de los mercados nacionales e internacionales".

El primer paso de su calculada estrategia consistió en contradecir sistemáticamente las previsiones mayoritarias de sus colegas más experimentados. Aunque su porcentaje de aciertos era irrisorio, tan desafiante actitud le granjeó con rapidez una reputación de analista independiente y sin pelos en la lengua, que no se plegaba ni a los intereses corporativos ni a los dictámenes de las desacreditadas agencias de calificación.

Por pura ley de la probabilidad, a los pocos meses llegó el momento con el que Pedrito había estado soñando: uno de sus pronósticos inventados más absurdos... ¡se cumplió! Las acciones de una compañía que parecía el paradigma de la estabilidad se hundieron de la noche a la mañana, porque un *cracker* indio de 12 años traspasó los sistemas de seguridad informática y dejó al descubierto algunos vergonzosos secretillos.

De inmediato, Pedro sacó a relucir aquellos artículos de su hemeroteca personal en los que, de la manera enigmática y confusa que solía utilizar (la única posible cuando en realidad no sabes de qué estás hablando), se había referido a "ciertos movimientos ocultos de los que el mercado no es consciente", "las fuerzas centrífugas que pueden desestabilizar a algunos de los más sólidos actores de la escena bursátil" o "las tempestades que pueden estar acechando a la empresa Zutanita después de la calma actual".

Después de varias semanas como tema del momento en Twitter, Pedrito dejó atrás el estatus de principiante lenguaraz y se instaló definitivamente en la mente del público inversor como un Nostradamus de las finanzas.

Pedrito convirtió en marca de la casa una actitud arrogante y sentenciosa que encantaba a su creciente rebaño de incondicionales:

—¡Qué dominio de la situación! ¡Qué seguridad!

Cuando fallaba en sus predicciones (que era lo más habitual), sus seguidores se apresuraban a ofrecer los argumentos que él mismo solía utilizar en tiempos menos felices:

—Pedro iba bien encaminado, ¿quién podría imaginar que sucedería tal cosa? Él es un experto, ¡pero no tiene una bola de cristal!

Lo cierto es que no había evento, reunión o conferencia para inversores en la que Pedrito no fuese invitado a participar como experto. Aunque sus honorarios eran escandalosamente elevados, los organizadores estaban más que dispuestos a pagarlos, porque su nombre bastaba para congregar a cientos de personas ansiosas por descubrir el secreto de la eterna rentabilidad.

Un pasito más allá

Firmemente asentado en el Olimpo de la comunicación financiera, Pedrito comenzó a aburrirse y decidió ir un poco más lejos. "Mis predicciones son demasiado genéricas... Ahora que tengo verdadera influencia en el comportamiento de los inversores, creo que puedo hacer algo mucho más divertido".

El juego consistía en fijarse en una empresa determinada y hacer bajar el precio de sus acciones, por el sencillo procedimiento de desatar el pánico vendedor:

Un serio peligro se cierne sobre la empresa Perenganita. Sin ánimo de perjudicar sus perspectivas de financiación, considero mi deber alertar a los inversores sobre la amenaza que puede suponer la eventual pérdida de importantes contratos...

A continuación se iniciaba una dinámica que a Pedro le resultaba graciosísima. Los desmentidos oficiales de la empresa Perenganita caían en saco roto; después de todo, razonaban los inversores, ¿por qué iba un hombre con la impecable reputación de Pedro a inventarse algo así? ¡Tenía que ser verdad!

Los pequeños accionistas se apresuraban a vender sus acciones, los acreedores aumentaban el coste de la financiación y la broma de Pedrito se convertía en un ejemplo de profecía autocumplida. Cuando la empresa estaba a punto de empezar a despedir trabajadores, Pedrito se compadecía y publicaba una nueva información:

Parece que, esta vez, el lobo no ha llegado a los verdes pastos de la empresa Perenganita. De hecho, las informaciones que nos proporcionaron en su momento han demostrado ser algo exageradas, y en lugar de un amenazador lobo deberíamos haber hablado de un perrito, más ladrador que mordedor. Tras una exhaustiva labor de investigación y análisis, he llegado a la conclusión de que la compañía es lo bastante sólida como para superar la actual situación. De hecho, me atrevo a decir que cuenta con excelentes perspectivas de negocio. Puesto que en este momento está muy infravalorada, mi consejo claro para este valor es COMPRAR.

La primera vez, Pedrito fue muy aplaudido, tanto por su habilidad al identificar la "amenaza" original como por la rapidez con que informó sobre el favorable cambio de las circunstancias. La segunda vez que repitió la jugada, con otra empresa elegida al azar, algunos colegas comenzaron a preguntarse en privado cuáles serían exactamente esas fuentes de información a las que sólo Pedrito parecía tener acceso.

Convertido en un sociópata bursátil, Pedrito no vio motivo alguno para interrumpir la pequeña travesura que le proporcionaba tanta diversión. Sus alertas sobre debacles empresariales se sucedían a buen ritmo, y los confiados inversores se apresuraban a escapar en estampida de los valores "amenazados".

Con el tiempo, los analistas más expertos y algunos inversores bien preparados comprendieron el juego y se quedaron espantados por la irresponsabilidad del gran gurú. Se dieron cuenta de que la única amenaza real que se cernía sobre las empresas mencionadas por Pedrito era... Pedrito. Conscientes de que los seguidores del afamado personaje no aceptarían con facilidad ninguna crítica que no estuviese perfectamente documentada, comenzaron a preparar una infografía que mostraba con toda crudeza el papel de Pedrito en los recientes vaivenes bursátiles.

Ahora sí que sí

Como la vida está llena de paradojas, por aquella época Pedro tuvo noticia de un hecho que, cuando se hiciera público, hundiría sin remedio los valores de una empresa. Se sintió feliz al pensar que, por fin, podría prestar un verdadero servicio a todos esos adeptos que con tanta fidelidad y premura habían seguido sus falsas recomendaciones:

> *¡Aviso a mis fieles amigos de que es el momento de vender las acciones de la empresa Fulanita & Cía.! Este analista sabe de muy buena tinta que su principal línea de negocio va a verse seriamente afectada por...*

Con la satisfacción del deber cumplido, Pedrito se sentó a esperar las habituales reacciones del mercado. Tardó un buen rato en percatarse de que algo no iba bien. La sesión bursátil avanzaba sin que nadie pareciera tener prisa por deshacerse de aquellas arriesgadas acciones. Por el contrario, ¡estaban comprando más! Frenético, comenzó a consultar otros blogs y medios digitales y... se quedó lívido al comprender lo que estaba pasando.

Esa misma mañana se había publicado, en los periódicos más importantes del país y en todos y cada uno de los portales de información bursátil, la reveladora infografía que dejaba al descubierto el juego de Pedrito. Iba acompañada de un artículo titulado El perrito de Pedrito:

Nuestro respetado colega Pedro Pastor lleva varios meses asustando a los inversores con espeluznantes lobos financieros que acechan a algunas de las mejores empresas de nuestro mercado. Una y otra vez ha quedado claro, para los que estábamos prestando atención, que tales amenazas sólo existían en la mente paranoica de don Pedro Pastor. Porque, naturalmente, suponemos que en todos los casos se ha tratado de lamentables errores y no de bromas irresponsables, ¿verdad, don Pedro? Él mismo ha tenido que reconocer, una y otra vez, que en realidad no se trataba de un lobo sino de un chihuahua... ¿Cuántas empresas más van a tener que sucumbir ante el perrito de Pedrito?

Y Pedrito se quedó sin su rebaño.

13. BLANCANIEVES EN EL EMPORIO DE LAS MATERIAS PRIMAS

Si los hermanos Grimm hubieran sospechado las toneladas de ñoñería que Disney acabaría echando encima de la pobre Blancanieves, probablemente se habrían abstenido de escribir el cuento. Es lamentable que un personaje como Blancanieves, que en el relato original aborda con entereza el desafío de enfrentarse a un mundo desconocido y hostil, acabe transformado en una pánfila cursi rodeada de pajaritos cantarines.

En nuestro incansable afán por modernizar a los entrañables personajes de siempre, llega el turno de reivindicar a Blancanieves y compañía... Sí, incluso la madrastra y los enanitos mineros van a tener su minuto de gloria en esta versión actualizada del cuento.

La dama de hielo

Érase una vez una próspera empresa dedicada a la producción hortofrutícola, que se citaba habitualmente como ejemplo de gestión eficaz. El señor Rey, su fundador y presidente, también había resultado agraciado en la vida con una esposa de buen corazón y una hija que, desde muy niña, hizo gala de un considerable encanto personal.

Sin embargo, la fortuna le asestó un duro golpe al arrebatarle de manera repentina a su adorada compañera, dejando sin madre a la pequeña Blancanieves.

Paralizado por la pena, durante algún tiempo el señor Rey se limitó a ver pasar los días, sin prestar atención ni a su hija ni a su negocio. Como cabía esperar, los resultados comenzaron a resentirse de la falta de dirección, y en pocos meses la empresa perdió buena parte de la cuota de mercado que tantos años le había costado conseguir.

Tanto los empleados como los habitantes del lugar, cuyo bienestar dependía en gran medida del éxito de la empresa, se preguntaban impotentes si habría algo en este mundo capaz de hacer reaccionar a su querido presidente.

Pronto tuvieron la respuesta. Un buen día se presentó en las oficinas una dama de espectacular belleza, que además se había graduado con honores en las más prestigiosas escuelas internacionales de negocios.

—He oído que vuestra empresa atraviesa algunas dificultades transitorias. Una lástima, sin duda, ya que cuenta con buenos cimientos y una gran reputación. Soy la persona adecuada para reflotarla, pero quiero que se me garantice plena capacidad de maniobra y el cargo de vicepresidenta.

El presidente, que como todos los demás se había quedado mirando embobado a la hermosa mujer, sólo tardó medio nanosegundo en aceptar la inesperada propuesta. Después de todo, las cosas ya no podían ir peor, ¿verdad?

Y así fue como la dama, que por pura chiripa se

llamaba Reina, comenzó a detentar un poder casi absoluto en la empresa. En realidad, sobra el "casi": la nueva vicepresidenta hacía y deshacía como le venía en gana. Desde el departamento de calidad hasta el de comercialización, incluso las decisiones más nimias estaban sometidas a su estricto control.

Al principio nadie se atrevía a quejarse de su despótico estilo directivo, tan alejado del blando paternalismo del señor Rey, porque los resultados parecían avalar sus decisiones. Efectivamente, algunos de los clientes que en los últimos tiempos habían sido captados por la competencia comenzaron a regresar como corderitos al redil.

Agradecido y aliviado, el presidente pensó que una mujer tan bella y capaz no sólo podría poner orden en su empresa, sino también en su vida y, para consternación de propios y extraños, se casó con ella. La más afectada por la nueva situación fue la pequeña Blancanieves que, con sólo diez años, cayó en la órbita educativa de aquella mujer con alma de coronel de infantería.

—Los mimos ablandan a los niños —aseguraba su nueva madrastra—. Por suerte, estoy yo aquí para convertirte en una mujer fuerte y de provecho.

Así fue como Blancanieves, junto al carácter dulce y bondadoso que había heredado de su madre, desarrolló una gran inteligencia práctica para sobreponerse a las circunstancias más adversas.

Aprendió a discernir por instinto qué batallas valía la pena librar y cuáles no, y pronto descubrió que el enfrentamiento directo solía ser la forma más rápida de... perder la guerra.

Radicalmente enfrentadas

Pasaron los años y Blancanieves se convirtió en una joven de aspecto radiante. Su madrastra todavía era una mujer atractiva, pero se había hecho tantos retoques estéticos que estaba a dos cirugías de convertir su cara en una inexpresiva máscara de carnaval. Las diferencias entre ambas no se limitaban al físico y al carácter: sus opiniones sobre el futuro de la empresa también eran radicalmente diferentes.

Blancanieves militaba en el ecologismo más radical y defendía una agricultura tradicional y mínimamente invasiva. Por su parte, Reina estaba fascinada con las infinitas posibilidades que ofrecían los transgénicos.

En el virtuoso término medio se situaba el señor Rey, partidario de una agricultura orgánica capaz de aprovechar los avances científicos para mejorar los sistemas convencionales. Pero como era un hombre pacífico y no quería discutir con ninguna de las mujeres de su vida, rara vez se molestaba en expresar su opinión, y se limitaba a asistir impertérrito a las habituales discusiones entre Reina y Blancanieves.

—¡Eres más antigua que los dinosaurios, muchacha! —bramaba Reina—. Si por ti fuera, en lugar de exterminar las plagas que destruyen nuestras cosechas quitarías los pulgones uno a uno y los acomodarías en un insectario para preservar la especie. ¡No vaya a ser que se nos extinga el querido pulgón del manzano!

Con su dulce voz, pero sin ceder ni un ápice, Blancanieves contraatacaba:

—Es mejor eso que convertir la tierra en un laboratorio gigantesco para cultivar frutas mutantes...

Huelga decir que tales intercambios jamás conducían a ninguna conclusión provechosa. Blancanieves no estaba dispuesta a renunciar a esa guerra en particular pero, como había ocurrido desde el principio, era Reina quien tenía la última palabra.

Después de un encontronazo particularmente virulento, y aprovechando que el señor Rey estaba en el extranjero asistiendo a un congreso, Reina decidió deshacerse de su hijastra de una vez por todas.

Llamó al director informático de la empresa y le ordenó que cancelara los privilegios de acceso de Blancanieves a los archivos digitales.

—¿Es que piensa despedirla? —preguntó el hombre, incrédulo.

—No, no lo pienso. ¡Ya lo he hecho! ¡Está fuera! No va a trabajar con nosotros nunca más, ¡y me encargaré de que nadie en la comarca se atreva a asociarse con ella!

Y así fue como Blancanieves se encontró de la noche a la mañana sin techo, sin perspectivas y sin apenas posesiones materiales. A cambio, la idea de no tener que volver a ver la muy restaurada cara de su madrastra le producía un contento infinito. Considerando que, en conjunto, había salido ganando, emprendió animosa su camino en busca de nuevos horizontes.

Varios días después, el entusiasmo inicial había perdido bastante terreno frente al agotamiento de vagar sin rumbo.

—Esto no puede seguir así. Necesito tener algún objetivo. ¡Ya sé! Buscaré alguna comunidad que comparta mis convicciones ecologistas.

Por desgracia, no tenía ni la menor idea de por dónde empezar a buscar, y nadie parecía ser capaz de darle orientación alguna.

Cuando ya estaba a punto de desfallecer de hambre y cansancio, vislumbró entre los árboles una acogedora cabaña de madera. "¡Qué lugar tan encantador! Sin duda está habitado por personas que aprecian la naturaleza que les rodea".

Sin embargo, después de algunos minutos de insistentes e infructuosos golpes en la puerta, Blancanieves comprendió que los dueños no estaban en casa. Con su incurable optimismo, pensó que unas personas capaces de diseñar una vivienda tan hermosa sin duda estarían dispuestas a acoger a una viajera necesitada de refugio.

Ni corta ni perezosa, puso en práctica esa habilidad tan cinematográfica de abrir las puertas con una tarjeta de crédito (la suya había sido anulada por Reina y ya no servía para ninguna otra cosa), y después de algunos intentos logró colarse dentro de la cabaña.

La casa era tan agradable por dentro como por fuera, aunque a Blancanieves le sorprendió contar nada menos que siete camas. "Pero, ¿cuánta gente vive aquí? ¡Deben de estar muy apretados!".

Sin embargo, el cansancio venció a la intriga y, antes de poder formular otro pensamiento coherente, ya había caído profundamente dormida sobre una de las camitas.

Un arreglo conveniente

—¡Roncas como un rinoceronte!

Blancanieves se despertó sobresaltada al oír el

grosero (pero exacto) comentario, que alguien había hecho a gritos muy cerca de su oreja.

—¡No ronco! —respondió indignada.

A su alrededor, siete cabezas se movieron afirmativa y simultáneamente.

—Oh, sí... Es bastante estúpido allanar la morada de alguien y luego ponerse a roncar. Se te oía a dos kilómetros de distancia.

—No he allanado ninguna morada —protestó ella, tratando de entender dónde estaba, mientras siete personas bajitas y muy serias la miraban con recelo—. Ah, sí, la cabaña de madera. ¿Vivís todos aquí? ¿Quiénes sois?

—¿Quién eres... TÚ? —recalcó con muy malas pulgas el mismo que la había despertado a gritos.

—Me llamo Blancanieves. Mi madrastra me echó de la empresa familiar y he decidido que ya soy mayorcita para elegir dónde quiero vivir y trabajar. ¿No sabréis, por casualidad, dónde podría encontrar a gente que esté tan preocupada como yo por la conservación del medio ambiente?

Durante unos segundos, el discurso de Blancanieves consiguió dejar mudos a los siete diminutos personajes, que se miraban entre sí como si albergaran serias dudas sobre la salud mental de su huésped. De repente, uno de ellos estalló en carcajadas:

—¡El medio ambiente! Ja ja ja, qué bueno.

Blancanieves frunció el ceño, pero en ese momento uno de los hombrecitos, que usaba anteojos y tenía un aspecto muy erudito, se apresuró a intervenir:

—¡Querida joven, has llegado al lugar indicado! No encontrarás en el país gente más preocupada por el medio ambiente que nosotros. ¡Respiramos interés por la naturaleza! Nada nos interesa tanto como la tierra que pisamos... ¿Por qué no te quedas a vivir con nosotros? Sería una solución excelente para todos. Tú estarías protegida y segura con personas que saben apreciar las riquezas de nuestro planeta, y nosotros estaríamos tranquilos sabiendo que alguien cuida de nuestro hogar mientras trabajamos. ¿Qué dices?

A Blancanieves no se le ocurrió ningún motivo para rechazar la oferta. ¡Le gustaba tanto la cabaña! Los demás hombrecitos parecían estar completamente de acuerdo, y celebraron el trato con una opípara cena.

Simpáticos explotadores

Una semana después, Blancanieves llegó a la conclusión de que los simpáticos enanitos eran unos explotadores. Por muy pequeñas que sean, siete personas generan gran cantidad de suciedad y residuos, y Blancanieves se pasaba el día limpiando, remendando y cocinando.

"¿Cómo se las arreglarían antes de que llegara yo? Me parece que me están tomando el pelo... ¡pero se han confundido de persona! No le hice frente a mi madrastra durante años para terminar aguantando a esta panda de caraduras".

Otra cosa que molestaba extraordinariamente a Blancanieves era que, pese a sus sutiles (y no tan sutiles) indagaciones, aún no había logrado averiguar cuál era la ocupación exacta de los hombrecitos.

Por la mañana temprano salían diligentes de la cabaña, mientras canturreaban algo que sonaba como "Ahí voy, ahí voy, silbando a excavar...". Como eso no tenía ningún sentido, Blancanieves pensó que tal vez se trataba de un himno en algún idioma extranjero. Al anochecer, los enanitos regresaban a la cabaña sucios y exhaustos, devoraban las viandas que ella había preparado con esmero y en pocos minutos ya estaban dormidos como troncos.

Un buen día, cuando los enanitos se disponían a salir para atender sus misteriosos quehaceres, Blancanieves se plantó cruzada de brazos en el umbral de la puerta y los miró con toda la severidad de que fue capaz.

—¡Alto ahí, amigos! ¿De verdad pensáis que voy a seguir trabajando gratis para vosotros? ¿Sabéis que, si se contabilizara, el trabajo doméstico no remunerado representaría el 40% del Producto Interior Bruto del país? Pues bien, yo quiero que mi trabajo sea remunerado y que mi contribución al PIB nacional se contabilice debidamente.

»Aquí os dejo un escrito con las condiciones laborales que reclamo. De no ser atendidas en tiempo y forma, me veré obligada a llevar a cabo una serie de paros parciales que, eventualmente, podrían desembocar en una huelga indefinida.

Los enanitos se miraron alarmados, porque se habían acostumbrado con gran rapidez a tirar los gayumbos sucios en cualquier parte, con la tranquilidad de que al día siguiente su hogar volvería a estar impecable.

De nuevo tomó la palabra el hombrecito de los anteojos, que siempre ejercía el papel de portavoz conciliador:

—Querida Blancanieves, no te enfades. Lo hablaremos con tranquilidad cuando volvamos esta noche. ¿Dónde encontrarás a otras personas que aprecien tu trabajo tanto como nosotros? Es cierto que no somos muy expresivos, pero es porque trabajamos tanto...

—Ahora que lo dices —interrumpió Blancanieves—, esa es la otra cuestión que quiero aclarar. ¿Cuál es ese trabajo tan duro que realizáis? ¿No podría ayudaros en vuestro negocio? Trabajé durante mucho tiempo en la empresa familiar y mis conocimientos podrían ser de utilidad para vosotros.

—Ejem... Bueno, sí. Ahora no podemos retrasarnos, pero te prometo que esta noche hablaremos de todo lo que te preocupa. ¡Palabra de enanito!

La dura verdad

Antes de que Blancanieves pudiera reaccionar, la apartaron suavemente de su camino y desaparecieron a todo correr. Sin embargo, habían subestimado la firmeza con que la muchacha perseguía sus objetivos.

Apenas los hubo perdido de vista, cerró con cuidado la cabaña e inició la persecución. Como siete personas corriendo dejan gran cantidad de huellas, no tuvo ninguna dificultad para seguir su rastro. Dejó atrás el bosque y llegó a una hermosa campiña de suaves colinas, hasta que....

Estuvo a punto de desmayarse del horror. Una espeluznante mina a cielo abierto mostraba un paisaje arruinado por infinidad de cráteres y tierra removida. En una pequeña caseta cercana se oía debatir a los enanitos, que parecían tener opiniones dispares sobre el futuro de la explotación.

—Yo voto porque aumentemos el ritmo de las extracciones, antes de que comience a bajar el precio del mineral. ¡Las perspectivas del mercado de *commodities* mineras son claramente bajistas!

—¿Aumentar el ritmo? ¡Pero si ya trabajamos 14 horas diarias! Además, hasta que no llegue el próximo envío de cianuro no podemos continuar separando el mineral.

—Yo creo que tenemos que empezar a excavar la siguiente colina, me parece que esta zona está a punto de agotarse. Además, el aire ya acumula tantos gases que hasta me cuesta respirar.

—¡Eres un flojo! Aún podemos exprimir más esta zona. Aunque estoy de acuerdo en que tenemos que empezar a pensar en ampliar el área de excavación.

Blancanieves no pudo contenerse más:

—¡Embusteros, criminales, malvados!

—¡Ooooops! —exclamó el enano erudito—. ¡Parece que nos ha descubierto!

—¡Y yo que pensaba que mi madrastra era un peligro para la naturaleza! ¡A vuestro lado es la madre Teresa del medio ambiente! ¡Sinvergüenzas!

Dándose la vuelta para no seguir contemplando aquel desolador panorama, Blancanieves comenzó a alejarse furiosa, mientras los enanitos la seguían trotando:

—Espera, espera, no lo entiendes... ¿Tienes idea de la cantidad de cosas buenas que pueden hacerse con los enormes beneficios que obtenemos? ¡Donamos mucho dinero para obras de caridad! ¡En nuestra contabilidad hay un apartado de Responsabilidad Social!

Manzanas y perdices

A punto de ahogarse de la indignación y sin la menor

intención de regresar a la cabaña de los enanitos, Blancanieves se adentró en el bosque sin fijarse en el camino que tomaba.

Después de varias horas de caminata llegó a una pequeña villa llena de música y risas, en la que se estaba celebrando algún tipo de festejo.

—Es la Feria de la Cosecha —le aclaró amablemente un lugareño al observar su expresión de interés—. Todos los productores de la región vienen a mostrar sus frutas y verduras.

Blancanieves sintió una punzada de añoranza al recordar la empresa familiar, y comenzó a recorrer la feria mientras valoraba la calidad de los géneros expuestos.

De repente, algo en la disposición de un estand captó su atención. "¡Es la empresa de mi padre!". Un gran número de frutas de apetitoso aspecto tentaban a los visitantes.

—¿Quieres probar una manzana? ¡Son deliciosas! —invitó la muchacha que atendía el puesto. Blancanieves se dio cuenta entonces de que tenía mucha hambre y aceptó el ofrecimiento.

La joven tenía razón: la manzana era jugosa, crujiente y dulce. Había comido más de la mitad cuando empezó a prestar atención al resto de las explicaciones:

—Es la primera cosecha de una nueva variedad transgénica...

"¡Aggggg!". Al oír la palabra "transgénica", la glotis de Blancanieves se cerró de golpe. Trató de toser para expulsar el trozo de manzana con el que se había atragantado, pero pronto comenzó a sentir la falta de aire.

—¡Socorro! —gritó la joven del puesto—. ¡Ayuda! ¡Se está ahogando!

De repente, alguien que había hecho el curso de primeros auxilios (o que tal vez lo había visto en alguna película) se puso detrás de ella y le aplicó con gran eficacia la maniobra de Heimlich.

Unos minutos después, Blancanieves se había recuperado del susto y, tras descubrir que su salvador era el presidente del comité nacional contra la megaminería, decidió que probablemente aquello sería el principio de una gran amistad.

14. EL GATO CON BOTAS Y LA MARCA PERSONAL

Pese a la gran popularidad que alcanzó, la versión de *El gato con botas* de Perrault no se consideraba una obra muy recomendable, porque mostraba a un personaje de comportamientos mafiosos que no sólo no resultaba castigado, sino que alcanzaba todos sus objetivos.

Fueron necesarios algunos retoques para hacerlo más aceptable: en lugar de amenazar de muerte a los pobres campesinos para que respaldaran sus mentiras, el pequeño liante creaba un escenario ficticio en el que el único perdedor era el malvado ogro.

Nos quedamos con esta imagen de pícaro inofensivo para narrar cómo emplearía su ingenio un gato humanizado del siglo XXI.

Curro, el heredero

Había una vez un molinero que murió y, para desesperación de su único hijo y heredero, no dejó más posesiones que un escuálido gato.

El joven Curro, que no tenía talentos conocidos ni se había distinguido jamás por su amor al trabajo, quedó sumido en una apatía aún más profunda de lo habitual.

"¿Y ahora qué voy a hacer?", reflexionaba mientras se balanceaba en su hamaca.

El gato, que hasta entonces no había hecho nada que permitiera sospechar que no era un minino como cualquier otro, miró fijamente a aquel amo tan poco prometedor y le habló en un perfecto castellano:

—Tengo algunas ideas para garantizar nuestro futuro, pero tendrás que confiar en mí.

Una de las pocas cualidades visibles del hijo del molinero era que tenía una mente abierta y aceptaba con naturalidad todo lo que la vida le deparaba, por lo que no encontró particularmente extraño oír hablar a su gato.

En realidad, se sintió muy aliviado por poder comunicarse con alguien que, al parecer, tenía algo de lo que él andaba bastante escaso: ideas.

—¿En serio? ¿Se te ha ocurrido algo?

—Por supuesto, pero es necesario que hagas todo lo que yo te diga. Necesito que me proporciones un maletín de ejecutivo, una computadora y unas botas Chelsea, y yo me ocuparé de todo.

Otra de las virtudes del hijo del molinero era su innata disposición a delegar cualquier tarea en las personas (o animales) más capacitados para realizarla, aunque su padre opinaba que se trataba de pura vagancia. Dejar las cosas en las patas de aquel gato tan decidido parecía una opción tan buena como cualquier otra, por lo que le entregó sin vacilar sus últimos ahorros para que se fuese de compras.

Dicho y hecho, el gato se equipó a sí mismo con un maletín de la mejor piel, un ordenador con una manzanita mordida en la tapa y unas espléndidas botas Chelsea.

El siguiente paso consistió en abrir en LinkedIn un perfil de su amo... inventado de principio a fin, desde luego:

Francisco de Borja Marqués y Carabás
Asesor estratégico de operaciones y marcas

A continuación, el gato echó a volar su portentosa imaginación y dotó al ficticio asesor de todo tipo de logros académicos e hitos profesionales, sazonados con gran profusión de tecnicismos y jerga en inglés.

Después eligió los perfiles más adecuados a sus propósitos y comenzó a enviar invitaciones para crear la red profesional del inexistente Marqués y Carabás. En dos días había conseguido más de 500 contactos, muchos de los cuales consideraban "un privilegio" estar en contacto con tan renombrado experto.

La máquina de hacer palabras

Llegó el momento de la Fase 2 en la construcción de la marca personal del *joven antes conocido como Curro*: el blog.

—Sin un blog no vamos a ninguna parte —le explicó el gato a su amo.

—Pero yo no tengo ni idea de nada. ¿Cómo voy a escribir un blog?

El gato no estaba dispuesto a amilanarse por el pequeño detalle de que el cerebro de Curro llevaba mucho tiempo en barbecho, y rápidamente localizó en Internet una tabla que permitía combinar gran número de frases para crear discursos sin sentido.

En menos de tres horas, el nuevo blog *"Impulsa tu proyecto hacia el futuro"*, del especialista Marqués y Carabás, contaba ya con un gran número de artículos de este tenor:

La práctica cotidiana de las directrices ofrecidas prueba que el aumento constante, en calidad y alcance, de nuestra actividad estratégica, habrá de significar un auténtico y eficaz punto de partida de las directivas de desarrollo para el futuro.

Mientras Curro continuaba generando por este procedimiento un gran número de incomprensibles piezas literarias, el gato abrió otros perfiles para el imaginario Francisco de Borja en Facebook, Twitter, Pinterest, SlideShare, Scribd y demás escaparates virtuales. En una semana, las redes sociales estaban inundadas con artículos y referencias a la última estrella del firmamento empresarial: el misterioso pero prolífico #carabás.

Había llegado el momento de pasar al mundo físico. Con sus elegantes botas Chelsea y su maletín de piel, el gato comenzó a visitar las oficinas de las empresas más prestigiosas, explicando que era el asistente ejecutivo del señor Marqués y Carabás, el cual esperaba poder reunirse con ellos en persona tan pronto como terminase de asesorar a algunas personalidades que los acuerdos de confidencialidad le impedían citar.

Como pequeña pista, bromeaba el gato, sólo podía decir que su jefe estaba pasando las últimas semanas en un lugar cuyo nombre empezaba por Sillicon y terminaba por Valley. "Ja ja ja", reían los CEO de las empresas, que consideraban el colmo de la innovación tener como asistente a un gato parlante.

Con esta estrategia, el gato firmó en nombre del señor Marqués y Carabás un reducido número de carísimos contratos de asesoramiento estratégico con las multinacionales más reputadas, que dieron como fruto unos informes impecables en la forma e impenetrables en el fondo.

Los clientes siempre se mostraban muy satisfechos con los resultados, ya que tener un "Plan estratégico Carabás" era un signo de exclusividad y excelencia comparable al Van Gogh en la pared del despacho.

Con el dinero fluyendo sin pausa, el gato y el reinventado Curro se instalaron en un espléndido ático y comenzaron a frecuentar los lugares de moda. El joven se negaba rotundamente a hablar de negocios durante sus encuentros sociales, alegando que "lo importante era establecer una buena conexión personal". Por supuesto, nadie podía discutirle semejante cosa.

Como tenía un físico agradable y se mostraba siempre contento y relajado (consecuencia lógica de la falta de esfuerzo y preocupaciones) comenzó a tener mucho éxito con las mujeres. Finalmente, se prendó de la inteligente y encantadora hija de uno de sus mejores clientes, y el papá se apresuró a dar su bendición al enlace. Así fue como Curro, su mujer y el gato terminaron viviendo felices por siempre jamás.

15. LA CIGARRA, LA HORMIGA Y LA INFLACIÓN

Empezamos este libro cuestionando a Esopo y, para cerrar el círculo con la debida coherencia, lo terminamos igual. Nuestra opinión acerca del sobrevalorado fabulista no ha mejorado ni lo más mínimo. Antes al contrario, consideramos que su prolongada influencia en los libros de texto resulta en extremo perniciosa para la felicidad humana.

Tal vez la moralina "esopista" fuera de alguna utilidad en el mundo antiguo (cosa que dudamos) pero definitivamente es una garantía de fracaso ante los desafíos vitales y económicos del siglo XXI.

Tomemos como ejemplo la fábula de la cigarra y la hormiga. Según Esopo, la diligente hormiga estaba terminando de guardar las provisiones para afrontar el invierno, después de pasar varios meses sudando la gota gorda para llenar sus almacenes, cuando la cigarra se presentó en su puerta pidiendo comida y refugio.

Altanera, la hormiga preguntó a su vecina qué había estado haciendo durante el verano, mientras ella se deslomaba a trabajar. "Cantar y alegrar a todo el que pasaba", respondió con ingenuidad la cigarra. "Me alegro mucho por ti", zanjó la repelente hormiga: "¡Ahora puedes pasar el invierno bailando!".

La presunta moraleja es que el trabajo duro se recompensa con la supervivencia, mientras que la despreocupación de la cigarra se paga con la vida. ¿Perdón? *Sorry?* ¡¿En serio?! ¿De verdad llevamos siglos transmitiendo esta historia a nuestros niños como si fuera una muestra de sabiduría sin parangón?

Por suerte, estamos a punto de corregir este dislate aportando un enfoque mucho más realista y actualizado de la fábula.

Ahorro obsesivo compulsivo

Érase una vez una laboriosa hormiga que estaba convencida de las virtudes del ahorro: "Es importante guardar en las épocas de prosperidad. ¡Nunca se sabe lo que puede ocurrir mañana!", se repetía sin cesar.

La mayor parte de sus compañeras compartían tan saludable creencia; todo el que haya contemplado alguna vez esas ordenadas filas de hormiguitas, con sus desproporcionadas cargas, sabe que se trata de una especie genéticamente propensa a la acumulación.

El problema es que nuestra protagonista sobrepasaba con holgura incluso los elevados estándares formícidos de amor al trabajo. Sin permitirse ni un instante de descanso, se afanaba de un lado a otro para estar segura de que sus almacenes estarían llenos a rebosar cuando comenzara el frío.

"No sólo tendré grano de sobra para alimentarme, sino que podré hacer intercambios y así conseguiré leña y otras comodidades para reposar sin preocupaciones durante el invierno".

Fiel a esta línea de pensamiento, la hormiga rehusaba participar en las actividades sociales y de esparcimiento que se organizaban en el hormiguero, sin molestarse en ocultar que consideraba tales indulgencias una escandalosa pérdida de tiempo productivo.

Por fin comenzaron a notarse los primeros fríos, y las hormigas dieron por concluido su periodo de aprovisionamiento. Como cabía esperar, la última en terminar la temporada fue la trabajadora compulsiva que protagoniza esta historia.

Mientras trataba de introducir a presión los últimos alimentos en sus ya atestados almacenes, vio acercarse a una cigarra que temblaba de frío.

—Estimada señora hormiga —comenzó la cigarra en tono humilde—. Veo que tiene usted aquí muchas provisiones y un agradable refugio para pasar el invierno. ¿Sería tan amable de compartir conmigo un pequeño espacio para resguardarme del frío y de la lluvia? A cambio de la manutención y el alojamiento, le proporcionaré música y alegría hasta que vuelva la primavera.

La hormiga la miró como si no pudiera dar crédito a semejante desfachatez.

—¿Necesitas refugio, señora cigarra? ¿Se puede saber en qué has estado empleando el tiempo de calor, mientras las demás trabajábamos duramente?

La cigarra parpadeó sorprendida:

—Pero si yo también he trabajado... ¡Soy una artista! He pasado los últimos meses cantando para solaz de todos los animales del bosque. ¡El mundo es más bello gracias a mi música!

—¡Ja! Entonces supongo que tendrás que pasar el invierno bailando para entrar en calor y olvidar el hambre... ¿Pensabas alimentarte con la música? Espero que aprendas la lección y seas más diligente en el futuro... ¡en el improbable caso de que consigas sobrevivir al invierno!

Y, con tan crueles palabras, la hormiga cerró la puerta en las narices de la cigarra.

Como los hormigueros son, por definición, unos lugares bastante superpoblados, varias vecinas curiosas fueron testigos "accidentales" de la desagradable escena. Por suerte para la cigarra, decidieron de inmediato tomar cartas en el asunto.

—¡Eh, señora cigarra! No hagáis caso de esa arrogante, sois muy bienvenida en nuestro hormiguero. Nos aburrimos tanto en invierno... ¡Será magnífico tener bailes y música en directo!

Y así fue como la cigarra se convirtió en habitante de pleno derecho del hormiguero. Con su espíritu animado y festivo pronto se granjeó el afecto de toda la comunidad, mientras la hormiga permanecía tozudamente encerrada en sus aposentos y alimentaba su amargura con malhumoradas reflexiones:

"¡Qué relajamiento moral tan inaudito! ¿Desde cuándo las hormigas de orden pasan el invierno asistiendo a bailes y veladas musicales, en lugar de descansar y reponer fuerzas para el duro trabajo que nos espera cuando acabe el mal tiempo?".

Lo cierto es que la hormiga no sólo permanecía tumbada por convicción personal (u hormiguil), sino porque el excesivo esfuerzo físico realizado durante el verano le estaba pasando factura: sufría el equivalente invertebrado a una lumbalgia muy dolorosa. Si una hormiga media puede cargar hasta 50 veces su propio peso, ella solía estirar esa proporción hasta 75. ¡La tranquilidad de unos almacenes bien abastecidos sin duda compensaba el esfuerzo! El problema es que ahora no podía moverse sin aullar de dolor, y finalmente tuvo que aceptar que necesitaba atención médica.

Con gran sufrimiento se encaminó al consultorio de la hormiga doctora, no sin antes tomar algunos alimentos de su despensa para pagar el servicio. Mientras le inyectaba un potente analgésico, la doctora aprovechó la ocasión para soltarle un buen rapapolvo:

—¿Acaso no te hemos dicho millones de veces que el cuerpo de las hormigas no está hecho para la halterofilia? ¿De verdad piensas que vale la pena? A este paso, ¡morirás por exceso de trabajo sin haber podido disfrutar todo lo que has acumulado!

Infla... ¿qué?

Enfurruñada, la hormiga gruñó algo ininteligible sobre el ahorro y el futuro y pidió la factura. Cuando vio el precio, las antenas se le pusieron de punta y exclamó horrorizada:

—¿Quéeeeeee? ¿De verdad vas a cobrarme esto? ¿Es que piensas mudarte a un hormiguero con minigolf y charcos con jacuzzi?

La hormiga doctora se mostró muy sorprendida.

—¡Pero si ni siquiera te he cobrado la consulta! Eso es sólo el precio de la medicina. ¿Es que no sabes lo que cuestan las cosas? No, claro, cómo vas a saberlo, si no hablas con nadie ni acudes a las reuniones. Me temo que no estás al tanto de que el bosque ha sufrido un fuerte proceso inflacionario en los últimos tiempos.

—¿Proceso inflacionario? ¿Qué diantres es eso?

Con cierto regodeo ante el horror de su camarada, la hormiga doctora se explayó contando en qué consistía la inflación.

—En resumen, querida compañera, que los precios llevan varios meses subiendo sin cesar. Unas cosas suben más, otras menos... ¡pero todas suben! Incluso las más básicas, por supuesto.

—Entonces, todo lo que tengo guardado... ¿vale menos cada día que pasa?

—Veo que captas la situación... ¿Por qué piensas que el resto de nosotras dedicamos cada vez menos tiempo al acarreo y más a mejorar otras habilidades para continuar generando ingresos?

»Casi todas hemos acudido a cursos de cultura financiera, habilidades emprendedoras, mercados de migas de pan y materias primas... ¡Somos hormigas inteligentes, no simples animales de carga!

»Por cierto, he oído que las compañeras responsables del Ant-Broadway necesitan ayuda para repartir los programas de los conciertos. ¿Crees que podría interesarte? No se requiere ninguna preparación especial y conseguirías algunos ingresos adicionales para aguantar el invierno.

»¡Nuestra amiga la cigarra está tan solicitada que ha tenido que contratar dos secretarias para que organicen su agenda! Claro que ellas saben ofimática...

A estas alturas la pobre hormiga ya estaba al borde de un colapso nervioso, mientras se veía a sí misma transportando el violín de la cigarra de un concierto a otro para poder sobrevivir.

Después de dos noches de insomnio, la hormiga decidió invertir en sí misma. Compró una computadora y se matriculó en uno de esos modernos MOHOC (Minicurso Online para Hormigas Conectadas) titulado *"La evolución del ahorro en los hormigueros del siglo XXI: de la acumulación física a la movilización inteligente del capital"*.

SOBRE LA AUTORA

Cristina Carrillo Rivero es madrileña y vive en permanente *jet lag* entre Argentina y España. Después de muchos estudios y años de experiencia en el mundillo financiero, se independizó para poder escribir y decir (casi) todo lo que le viniera en gana sobre el papel de los seres humanos normales en el actual panorama de consumo, deudas y bamboleantes sistemas financieros.

Como en su primera juventud le faltó valor para dejarlo todo y dedicarse al teatro, ahora que está en la segunda (juventud) aprovecha cualquier oportunidad para subirse a un escenario y hablar sobre "las personas en la economía", con todo el desenfado posible. No es lo mismo que protagonizar una buena comedia pero, si se hace bien... se aproxima bastante.

Puedes encontrar más relatos y artículos de Cristina en su boletín <u>La economía en busca de sentido</u> y en el blog <u>La economía transparente</u>, además de conocer su trayectoria profesional en <u>about.me/cristina.carrillo</u>.

AGRADECIMIENTOS

Si has comprado este libro, te lo agradezco y espero que lo disfrutes. Los comentarios en Amazon son muy bienvenidos.

Si lo has pirateado, igualmente espero que pases un buen rato. En tal caso, por favor compártelo y recomiéndalo: así aumentas las posibilidades de que otras personas se animen a pagar por él.